Poulets de Brest

La mauvaise farce

Nous remercions tout particulièrement les Editions YCA à Quimper pour leur participation (photo de couverture) et vous recommandons leurs magnifiques cartes postales.

Cet ouvrage de pure fiction n'a d'autre ambition que de distraire le lecteur. Les événements relatés ainsi que les propos, les sentiments et les comportements des divers protagonistes n'ont aucun lien, ni de près, ni de loin, avec la réalité, et ont été imaginés de toutes pièces pour les besoins de l'intrigue. Toute ressemblance avec des personnes ou des situations existant ou ayant existé serait pure coïncidence.

ENQUÊTES & SUSPENSE®

Aux Éditions Alain Bargain

Dans la collection

ENQUÊTES ET SUSPENSE :

- Samba ni loi en pays nantais - Poulets de Brest *La mauvaise farce*	*Philippe Lepeuple*
- Pâté de Corbeau aux amandes amères - Le calisson jusqu'à la lie	*Christophe Chaplais*
- La Java des voyous - Les castrats de Bombay - Requiem sur le campus - Le bouillon de minuit - La farine du Diable - La Vénus de Malifeu	*Michel Renouard*
- La secte de l'Aven	*Serge Le Gall*
- Le fils du Tigre	*Luc Calvez*
- Stress - Le faiseur d'anges	*André Grall*
- Le Kabyle de l'Ouest - Les Forces du mal	*Bernard Gouritin*
- Le Crabe - Mortel Hiver sur le Trieux - Chasse à corps à Bréhat - Larmes de fond ou le retour du crabe	*Michèle Corfdir*
- Colin-maillard à Ouessant - La lame du Tarot - Le faucheur du Menez-Hom - L'oiseau noir de Plogonnec	*Françoise Le Mer*
- Qui voit Groix voit sa croix - Qui voit Sein voit sa fin - Qui voit Ouessant voit son sang - Qui voit Belle-Ile voit son île - Qui voit Molène voit sa peine - Toulouse au bout du siècle - Traque à Hoëdic	*Jean-Christophe Pinpin*
- Une retraite pas très spirituelle	*Yves Horeau*
- Secret mortel	*Philippe Randa*
- Filouteries en Côtes-d'Armor - La Phalange de l'Argoat - Breizh Connection	*Bruno Ségalotti*
- Bréhat-culpa	*Jean-Luc Le Pache*

ENQUÊTES & SUSPENSE ®

Aux Editions Alain Bargain

Dans la collection
ENQUÊTES ET SUSPENSE :

- La filière d'Arradon - La petite dame de Locminé - Ratissage dans le golfe	*Chaix d'Est-Ange*
- Frissons en Morbihan	*Marie-Françoise Marchal*
- L'Occise des Landes - L'Évadée de Brennilis	*Jacques Caouder*
- Anévrisme - Chef-d'œuvre meurtrier à Lorient - L'affaire Callac	*Jérôme Lucereau*
- Baston chez les voileux	*René Le Clech*
- La neige venait de l'Ouest - Les Disparues de Quimperlé	*Firmin Le Bourhis*
- Matin rouge au Guilvinec - Soirées noires à Penmarc'h	*Jean-Pierre Le Marc*
- Le pendu de Brest	*M. Cabon - A. Morvan*
- Dernier rendez-vous à Vannes - Du Léman au Morbihan	*Gisèle Guillo*
- Banc public - Merlin l'exécuteur	*Bernard Fischbach*

POL'art ®

Dans la collection ***POL'ART :***

- Sombre dessein à Pont-Aven - Meurtres du côté de chez Proust	*Serge Le Gall*
- Nature morte à Giverny - Séquence fatale à Dinard - Sanguine sur la Butte	*Renée Bonneau*
- Le râle du basson	*Loïc Gourvennec*
- Monsieur Butterfly	*Yves Horeau*

Philippe LEPEUPLE

Poulets de Brest

La mauvaise farce

Collection

ENQUÊTES & SUSPENSE

Quadri Signe - Editions Alain Bargain
125, Vieille Route de Rosporden - 29000 Quimper
E-mail : editions.alain.bargain@wanadoo.fr
Site Internet : perso.wanadoo.fr/editions.bargain

À mes compagnons de scène
et amis de toujours,
Jérôme, Bruno, Armelle, Alain,
et puis... Kiki, Chon, Fred et Titi.

I

Boris tourne la tête sur la droite. Sa voisine a une tête en forme d'amphore. Une amphore sur laquelle on aurait, par distraction ou ultime négligence, disposé avec soin une choucroute folle. Un pli soucieux barre en oblique son front de glaise. Elle se ronge les doigts – elle n'a déjà plus d'ongles – la sueur lui plaque une mèche sur la tempe. Elle a peur.

Peut-on avoir peur au milieu de quarante mille personnes ? Mais cette foule est un corps compact et ramassé, tantôt noué et anguleux, tantôt lascif et ondulant, capable de bouger, danser et suer, d'avoir froid ou chaud, de prier ou hurler son plaisir, de jouir.

Or là, l'heure n'est pas au plaisir. Ce corps gigantesque, coincé dans ses habits de gradins trop justes, suinte la peur par chacun de ses quarante mille pores. Et la voisine de Boris suinte plus encore que les autres. C'est *le* pore de l'angoisse.

Il détourne les yeux et pose le regard sur le terrain. Là, en bas, vingt-deux joueurs et l'arbitre interprètent une dramatique à l'atmosphère écrasante : un scénario écrit au scalpel pour vingt-trois acteurs cramponnés au tapis d'herbe verte. Vingt-trois acteurs, plus les deux spectres collatéraux qui planent sur le jeu :

dans les coulisses immédiates de la scène œuvrent les juges de touche, à coups de longues translations ambiguës. Leurs courses flirtent avec les limites, toutes les limites, dans un indécent touche-touche permanent : limites du terrain, limites du jeu, limites de la correction.

Emporté par la foule, Boris sent malgré lui l'anxiété collective l'envelopper de son lourd manteau. Les minuscules figurines qui courent sur le velours vert ont, dans une histoire pourtant improvisée, réussi à créer l'intrigue absolue, le suspens définitif dont rêvent auteurs et scénaristes. Du point de vue du public, cette finale de championnat ne se déroule pas du tout comme prévu. Si ses favoris ne parviennent pas à marquer dans les deux minutes qui mènent tout droit au coup de sifflet final, ils auront perdu. Perdu ! C'est proprement inimaginable. Perdre, sur son terrain, cette coupe pourtant promise et méritée, rien ne serait plus injuste… Deux minutes à peine, et une immense douleur s'abattra sur la ville et la région. En revanche, si les joueurs locaux marquaient un but, un seul but, le sort de la partie basculerait…

C'est un peu par hasard que Boris assiste à ce terrible dénouement. Il aime le foot, comme la plupart des jeunes de son âge mais, aujourd'hui, s'il assiste à ce match, c'est pour voir officier son ami Christophe dans sa première grande prestation publique.

Christophe, c'est l'un des deux juges de touche. À trente-trois ans, il a le bonheur et l'immense responsabilité de surveiller la régularité des actions sur le terrain. C'est la première fois qu'il opère à ce niveau : il a été appelé d'urgence, il y a cinq jours, pour remplacer le titulaire malade. Sophie, sa femme, est si fière de lui ! Et si ses deux puces, Diane et Aurélie, étaient en âge de comprendre, elles seraient fières, elles aussi, de leur père. Quand il a appris l'incroyable nouvelle, il a sans tarder appelé Boris pour lui faire part de sa joie. Boris n'a pas hésité.

Depuis le coup d'envoi, Boris n'a d'yeux que pour la prestation de son copain. Le reste n'existe presque pas. Les joueurs sont là, certes, ils vivent ce match à fond et font vibrer le public à l'unisson de leurs exploits. De leurs exploits… ou de leurs maladresses, d'ailleurs. Car ils ne sont pas avares de gaffes. Cela arrive à tout le monde, on peut le comprendre : le genre humain est le genre de "*l'éreure*".

Sauf pour les arbitres. Pour eux, la faute est interdite. Et il tremble à cette idée : une malheureuse méprise, et la carrière d'arbitre de son ami pourrait être compromise. Pourquoi est-il absorbé, persécuté par cette idée ? C'est d'autant plus idiot que tout s'est parfaitement bien passé jusqu'à présent : touches, hors-jeu, actions irrégulières, Christophe a été impeccable jusqu'à présent. Encore moins de deux minutes et l'énorme pression retombera. Ils pourront se retrouver, comme prévu, pour aller dîner et arroser cette grande et glorieuse première.

Soudain, une formidable rumeur monte du stade. Elle s'amplifie et tourbillonne follement dans l'enceinte : un joueur de l'équipe locale s'est échappé sur l'aile droite et remonte le terrain à toute vitesse. Le peuple des gradins l'a compris, c'est la dernière chance de salut pour son équipe. Les autres attaquants l'ont compris aussi, qui s'engouffrent dans l'axe du terrain. Et, de fait, l'ailier expédie le ballon au centre avec une incroyable précision. La sphère adulée vient se poser sur le pied de l'avant-centre comme une offrande. La trajectoire est brutalement brisée et prend la perpendiculaire qui mène aux filets adverses. Le gardien, impuissant, voit passer le bolide comme on vit un cauchemar au ralenti.

Un cauchemar pour lui, un immense souffle d'allégresse pour les spectateurs. La clameur explose en une déflagration de plaisir : la foule mugit sous l'emprise d'un orgasme inouï. Les joueurs victorieux s'empilent sur l'auteur du but, les spectateurs se tombent dans les bras, les uns les autres. La voisine de Boris saute sur place comme une démente, yeux et bouche grand ouverts pour laisser déborder l'afflux de jouissance. Elle pleure, elle bave, elle dégouline : comme c'est fort, comme c'est beau, comme c'est grand !

Mais… que se passe-t-il ? Le plaisir qui coulait dans les veines de la foule semble ralentir sa course et se coaguler doucement. Dans l'euphorie, personne n'a prêté attention au bras levé du juge de touche. Il est si petit, si insignifiant le long de sa ligne. Face à un but si limpide, si incontestable, face à ce but rédempteur et triomphateur, qui songerait à solliciter son accord ? Y'a but, y'a but, c'est tout !

Mais la réalité est toute autre, et elle est terrifiante :

le juge de touche a signalé un hors-jeu. Le but n'est pas validé. Pas de but.

Chez les joueurs, c'est d'abord l'incompréhension. Leurs yeux vont et viennent de l'arbitre au juge de touche. Ils courent et s'agglutinent autour d'eux, criant avec véhémence leur colère. Ils marchent vers eux d'un air menaçant, les bousculent, leur crachent au visage. C'est l'insurrection. Et il faut le reconnaître, de hors-jeu il n'y avait pas l'ombre. Le public le sait aussi, le public l'a vu et senti, le public a vécu ce but dans ses tripes, on ne peut pas le lui retirer. Ce serait comme arracher du ventre d'une mère son bébé presque arrivé à terme, pour le tuer sous ses yeux.

La foule met plus de temps à comprendre. Les rires se figent peu à peu, les gens s'interrogent mutuellement : « Quoi ? Qu'est-ce qui se passe ? » Des doigts se tendent vers le terrain. L'étrange attitude des petits personnages sur la pelouse prend peu à peu du sens, comme se révèle doucement l'image de la photo polaroïd d'une scène d'horreur. Et, quand la funeste vérité tombe sur la multitude, la liesse se transforme en révolte, puis en haine. Le tueur de but, le faiseur d'ange, c'est lui, ce petit merdeux de juge de touche ! Les insultes fusent, les objets volent sur le terrain à destination du coupable, au risque de toucher les joueurs. La fureur a fait sombrer les spectateurs dans un aveuglement total.

Effondré sur son siège, Boris vit un drame. Le petit merdeux, c'est Christophe, *son* Christophe, son ami. C'est lui qui a brisé, involontairement, le rêve de bonheur de toute une région. Boris a peur, il sait qu'une folie meurtrière peut gagner des fanatiques. D'ailleurs, sa voisine hurle des menaces de mort : « T'es mort, enfoiré ! On va te faire la peau, t'es fini ! » Un filet de bave coule de sa bouche tordue, la sueur colle son T-shirt sur la peau graisseuse de son ventre, ses aisselles sont maculées d'une écume douteuse.

Tant bien que mal, l'arbitre est parvenu à ramener les équipes à reprendre le jeu. Il reste une minute à jouer, juste une minute de gâchis, juste une minute à tuer. « Une minute à tuer ! » La foule ne décolère pas, elle continue de jeter ses invectives meurtrières à l'encontre de Christophe. Le coup de sifflet final ne change rien, il est juste le point d'orgue où se donnent rendez-vous les océans d'espoirs déçus.

Mais la déception, c'est difficile à gérer quand on se retrouve seul à seul avec elle. Or là, un homme cristallise toutes les haines : c'est un exutoire facile pour ces quarante mille appétits de vengeance.

Les joueurs de l'équipe battue se précipitent sur les arbitres. La poitrine gonflée de rancœur, les yeux exorbités, ils les harcèlent et les bousculent en criant leur révolte. Les hommes en noir, habitués à la protection que leur confère l'autorité du juge, sentent la peur les gagner. Si cette protection tombe, que pourront-ils faire contre une dizaine d'athlètes enragés ? La scène tourne au tragi-comique : les arbitres, reculant de plus en plus vite devant la meute, ont finalement tourné les talons pour fuir en courant. Une partie des joueurs les poursuit, alors que l'autre va se poster sur le chemin des vestiaires pour couper leur retraite. Heureusement, les gendarmes et le service d'ordre interviennent. Ils s'interposent, entourent les fuyards et les protègent des projectiles avec leurs boucliers. C'est au pas de course que le trio regagne finalement les vestiaires.

Boris est paralysé par cette violence. Mais il se secoue et s'extirpe précipitamment du stade. Cela n'est pas trop difficile, les supporters restent là pour hurler leur colère encore et encore, laissant à peu près libre l'accès aux travées du stade. Il en profite : il doit rejoindre Christophe pour aller dîner, ça risque d'être plus compliqué que prévu. Il vaudra mieux qu'ils s'éloignent un peu, pour éviter les rencontres inopportunes. Au pied de l'enceinte, il passe une porte et emprunte les couloirs qui mènent aux vestiaires. L'accès est gardé par deux personnes de la sécurité. Costauds, les mecs ! Ils regardent Boris d'un air incrédule : il a l'intention de passer, le vermisseau ?

— Bonjour Messieurs, j'ai rendez-vous avec monsieur Christophe Pernin. En principe, mon nom vous a été communiqué. Je m'appelle Bogard, Boris Bogard.

L'un des deux gorilles sort de sa poche un papier froissé, pas chiffonné pour un sou – le gorille. Il suit péniblement, d'un doigt gros comme un flanc de zodiac, la liste des quelques noms jetés sur la feuille. Ça prend un temps fou, mais Boris se force à calmer le bouillonnement qu'il sent en lui.

— Bo… gar… de… c'est ça ?

— Bogard, c'est ça.

Le doigt parcourt à nouveau la feuille de haut en bas, puis de bas en haut, pour enfin s'arrêter. L'homme fait un petit signe de la tête sans lever les yeux. Boris s'avance pour passer, mais le mur de chair reste fermé : les bustes se dressent devant lui sans s'écarter. Il s'arrête et attend. Le videur remet tranquillement le papier dans son pantalon. Là encore, ça dure un temps infini. Puis, lorsque la feuille a rejoint le fond de la poche avec d'autres improbables débris, il commence à s'écarter. Boris n'attend pas que la place pour passer soit suffisante. Il s'engouffre en bousculant un peu les malabars, murmurant vaguement un « pardon ! », excédé.

Le couloir mène directement aux vestiaires. Sur la première porte atteinte après une vingtaine de mètres, une pancarte est clouée, portant la mention « Visiteurs ». Un peu plus loin, une autre porte. Un mélange confus de conversations, d'éclats de voix et de cris s'échappe de ce lieu. Plus loin encore, une pancarte annonce le vestiaire des arbitres. Boris frappe à la porte puis entre.

L'endroit est exigu. Les trois hommes sont assis sur les bancs de bois clair. Ils ne parlent pas, ne bougent pas. Ils n'ont pas commencé à se changer, seul l'arbitre central a retiré ses chaussures. Un silence pesant se cogne au sol et aux murs de carrelage, ralenti par l'entêtante odeur de camphre qui épaissit l'air. L'entrée de Boris modifie à peine le précaire équilibre thermodynamique de la pièce. Les trois hommes lèvent vaguement les yeux, puis sombrent à nouveau dans leurs songes ténébreux. Boris fait quelques pas vers Christophe et s'assied à côté de lui, silencieux. Leurs épaules se touchent, c'est imperceptible mais ce qui passe à travers ce contact simple et brut comme leur amitié est énorme. L'effet sur Christophe est immédiat, son torse se redresse peu à peu. Au bout d'une minute, il se lève brusquement.

— Bon, faut qu'on se secoue. On va pas se laisser miner par des malades.

Cette déclaration semble laisser ses acolytes indifférents. Boris fixe ses yeux bleus limpides sur son ami. Celui-ci poursuit :

— André, Jean-Luc, alors ! Bougez-vous, je vous dis qu'ils sont fous. On pète pas les plombs comme ça parce qu'on se fait refuser un but hors-jeu, même à deux minutes de la fin !

Ses deux compères le regardent tristement. Il les dévisage tour à tour, commençant à prendre peur de ce qu'il croit lire sur leur visage. Il braque les yeux sur Boris qui soutient son regard.

— Quoi, qu'est-ce que vous voulez dire, là ?

Personne ne répond.

— Oh, eh, qu'est-ce que vous voulez dire ? Y'a quoi, là ? Il était bien hors-jeu, ce but ?

Silence, encore. Seul Boris le regarde.

— Boris, toi, mon ami, dis-moi, il y avait bien hors-jeu ?

Boris hésite. Il sent dans les prunelles de son pote l'énorme tension intérieure qui l'oppresse.

— Franchement, Chris, je ne pense pas…

Christophe reste bouche ouverte : c'est comme s'il venait de prendre un coup de bélier au foie, il a besoin de trouver de l'air. Son corps décide de se plier lentement pour se poser sur le banc. Un lourd silence est tombé sur la pièce, à peine troublé par le sifflement de l'air qui entre et sort à contrecœur des poumons de Christophe.

— Je n'y crois pas, je l'ai vu, il était hors-jeu !

Mais le cœur n'y est plus. Tapi au fond de lui, le doute avait commencé à le ronger à l'instant même où il avait levé le bras pour invalider le but. Boris tente de le réconforter.

— Ça n'a pas d'importance, Christophe, tu as pris la décision que tu croyais devoir prendre. C'était une décision courageuse.

— Courageuse ? Une décision à la con, oui ! J'ai foutu le match en l'air, j'ai foutu ma vie d'arbitre en l'air !

Il est soudain hors de lui, il s'est levé et gesticule en traçant de grands cercles avec les bras. Les autres le regardent sans rien dire.

— Pourquoi, mais pourquoi j'ai levé ce putain de drapeau ?

Il donne un coup de pied dans son sac de sport. André, l'arbitre central, dit d'un ton calme et grave qui contraste avec l'attitude de son partenaire :

— Christophe, tu as signalé un hors-jeu discutable. Tu n'es ni le premier, ni le dernier à qui ça arrive. Faire une faute d'arbitrage aussi lourde de conséquences, c'est une chose horrible. On a l'impression d'être sale, d'être coupable de tous les maux de la terre, on a l'impression que le ciel nous tombe sur la tête. On a envie de tout plaquer, de se livrer en pâture aux joueurs et supporters lésés pour expier. Et puis, tu verras, ça passe. Avec le temps, les gens comprennent que le jugement est extrêmement difficile…

— La preuve, c'est que même quand on juge avec un ralenti vidéo, on a du mal, interrompt Jean-Luc.

— …Et que, dès lors, les erreurs sont inévitables, termine André sans se démonter.

— Qui dit match, renchérit Boris, dit arbitre. Qui dit arbitre dit décision humaine, et qui dit décision humaine dit erreur possible. C'est comme ça, il faut l'accepter.

Christophe hésite entre se laisser réconforter par ces paroles apaisantes ou donner libre cours à son écœurement. Il a l'estomac au bord des lèvres. Mais André se lève et commence à se déshabiller tranquillement pour aller à la douche. C'est comme si un signal invisible avait été donné : ses deux partenaires commencent, eux aussi, à retirer leurs vêtements en silence.

*

* *

Trois quarts d'heure plus tard, Boris et Christophe sortent de la petite pièce pleine de buée, après avoir pris congé des deux autres hommes. Au moment où ils s'engagent dans le couloir en direction de la sortie, quelques joueurs sortent du vestiaire du fond en discutant, attendant visiblement leurs coéquipiers. Ils aperçoivent Christophe. Une volée d'injures fuse :

— Eh, enfoiré, on t'a reconnu ! Alors, t'es content de toi ?

— T'as gagné, hein ? Tu nous a pourri notre victoire.

— T'inquiète pas, y'en aura certainement qui sauront te retrouver pour te faire ta fête…

Comme son ami s'apprête à ralentir pour répondre, Boris l'entraîne par le bras au pas de charge. L'agression verbale a été brève mais particulièrement violente. Ils passent rapidement devant les deux malabars qui gardent toujours l'entrée. Arrivés au parking sous-terrain réservé au personnel du stade, ils s'engouffrent dans la Xantia de Christophe. Tous deux ont à nouveau une boule d'angoisse au creux de l'estomac.

En quelques manœuvres, la voiture s'extirpe du parking. Au bout de la rampe en colimaçon, elle franchit la porte métallique automatique et plonge dans la nuit, tous feux allumés.

Caché dans l'ombre, un 4 x 4 guettait visiblement la sortie de cette voiture. Il embraye doucement et se coule dans le sillage de la Xantia. Son ombre de prédateur, silencieuse et inquiétante, se dissout dans la nuit urbaine pour rendre la traque discrète.

À la fois nerveux et oppressés, Boris et Christophe ne pipent mot. Comme la sortie du parking réservé au personnel donne sur un axe éloigné de la cohue qui quitte le stade, les rues sont relativement calmes de ce côté. L'habitacle est un lieu fermé et protégé, c'est rassurant. Ils se laissent guider par les phares de la voiture et suivent la direction indiquée par leur faisceau. Prendre un peu le large au hasard des intersections, voilà ce qu'il faut qu'ils fassent ; il sera toujours temps de s'arrêter manger un morceau dans un endroit tranquille.

Les rues défilent. Rares sont les piétons ; seuls ou en groupe, ils marchent d'un pas pressé dans ces coins sombres de la ville. Le calme ronronnement du moteur ne suffit pas à calmer les palpitations cardiaques de Boris et Christophe, toujours sous le coup de la violence des agressions subies. Christophe conduit distraitement, il est plongé dans un débat intérieur entre culpabilité et innocence qui ne regarde que lui. Et quelques milliards d'amateurs de sport.

Derrière la voiture qui se glisse dans la nuit à peine éclairée par la timide lumière des réverbères, l'ombre menaçante du 4 x 4 s'accroche discrètement. Les deux hommes ne l'ont pas repérée, ils sont toujours absorbés par leurs douloureuses interrogations. Christophe rompt le silence.

— Tu peux me passer le téléphone qui est sur le siège arrière, s'il te plaît, dans mon sac de sport ? Je voudrais appeler Sophie et les filles.

Boris trouve que ça n'est pas une très bonne idée de téléphoner au volant, surtout dans cet état de nervosité. Pourtant, il se retourne et cherche dans le sac. Machinalement, il jette un coup d'œil à travers la lunette arrière et voit la voiture qui les suit, sans s'en formaliser. Après quelques secondes de fouille, il repère et attrape le mobile, se rassied et le tend à son ami. Christophe s'en saisit et commence, tout en conduisant, à appuyer sur les touches. Ce n'est pas très efficace car, entre les virages, les feux tricolores et l'état d'extrême énervement, celles-ci se montrent fuyantes et récalcitrantes. Agacé, obligé de composer entre la mauvaise volonté du téléphone et la complexité des petites rues, Christophe finit par tourner au hasard, à droite – c'est un exemple de hasard, ça aurait pu être à gauche.

Boris, lui, a repéré un peu tard le panneau marquant l'entrée d'une impasse. Mais à quoi bon le signaler à Christophe qui, concentré sur l'objet de ses désirs, continue de rouler doucement ? Voilà, c'était couru, au bout d'une cinquantaine de mètres, une grille massive se dresse devant eux, inexpugnable. Inutile d'espérer qu'elle s'ouvre devant eux. Les phares illuminent une pancarte métallique : « Briqueterie Da Silva - Briques de qualité. » Christophe pousse un « merde ! » distrait. Il stoppe la voiture au point mort, moteur ronronnant, sans faire demi-tour : il peut enfin se concentrer sur le clavier de son téléphone. Au bout de quelques secondes, son visage s'illumine, il porte l'écouteur à son oreille.

— Allô, ma chérie ? oui, c'est moi. Si tu savais le bien que ça me fait de t'entendre ! Je…

C'est à cet instant précis que le choc, énorme, a lieu. Sans qu'ils l'aient entendu arriver, le 4 x 4 les percute à l'arrière, projetant violemment leur voiture vers l'avant. Elle franchit d'un bond les quelques mètres qui la sépare de la grille métallique. Heureusement, Christophe a gardé le pied sur la pédale de frein pendant leur bref arrêt et, dans un réflexe presque accidentel, il a le temps d'appuyer sur celle-ci. Quand la Xantia vient heurter la grille, sa vitesse est faible.

Ils sont sonnés… Quelques secondes s'écoulent pendant lesquelles le silence, encore plus assourdissant que le fracas des tôles suppliciées, taraude leurs consciences enchâssées. Ils sont encore assis à leur siège, hébétés, lorsque leurs portières s'ouvrent brutalement. Des bras les agrippent pour les tirer dehors. Boris a le réflexe de déployer bras et jambes comme le ferait un poulpe avec ses tentacules pour s'accrocher aux montants intérieurs de l'habitacle. Mais finalement, il est obligé de céder à la puissance de la traction. Ce sont trois, puis quatre bras qui se cramponnent à lui pour l'immobiliser debout. Une main le saisit par les cheveux, lui relève le visage. Le rayon d'une torche vient lui griffer les yeux. Dans ce contre-jour violent, il distingue à peine les visages face à lui.

— C'est pas lui ! crache une voix marquée par une haine bestiale.

Un coup de poing vient le faucher au foie. Il tombe à terre, souffle coupé. Une douleur horrible lui irradie le ventre, le torse, le bas-ventre. Il n'est plus qu'un amas de souffrance qui gravite autour de l'impact du coup.

Les bras puissants, en sueur, se sont désintéressés de son corps. Les quatre individus sont maintenant regroupés autour de Christophe, de l'autre côté du véhicule.

— Alors toi, fumier, on va te régler ton compte !

— Laisse-le moi, je vais l'exploser !

À travers le souffle vertigineux de la douleur et de l'angoisse, Boris entend le choc assourdi des coups qui percutent son ami. Invraisemblable et abominable lucidité, chaque bruit situe le coup reçu. Le timbre sec et claquant parle de la violence des coups portés au visage. Une ou deux fois, il perçoit nettement le craquement des os : mâchoire, cartilage du nez, pommettes, tout cède peu à peu sous la pluie de poings. Les sons mous et étouffés témoignent de la coupable souplesse des tissus de l'abdomen, prompts à laisser les chocs pénétrer pour perforer les tendres cloisons des organes internes. C'est au troisième coup au ventre qu'explose la rate de Christophe.

Incapable de se lever tant la douleur continue de le clouer, Boris parvient à ouvrir les yeux. En regardant sous la voiture, il voit derrière lui les pneus énormes du 4 x 4. De l'autre côté de la Xantia, les jambes des protagonistes s'activent. Il devine son ami soutenu par deux des types, pendant que les deux autres s'affairent à frapper, méthodiquement et rageusement. Les jambes de Christophe sont pliées ; bien sûr, déjà elles ne peuvent plus le porter. Au bout d'un temps interminable, sûrement plus de trente secondes d'une épouvantable éternité – peut-elle être autre chose qu'épouvantable ? – le corps de Christophe, lâché, s'écroule. Hasard de la gravité, ses yeux pas complètement fermés viennent croiser ceux de Boris sous la voiture. Ils ne supplient pas, ils n'ont pas l'air de souffrir, même lorsqu'un un coup de pied vient enfoncer sa cage thoracique. Son regard appartient déjà presque à une autre réalité.

Quelques secondes s'écoulent dans un soudain et étrange sursis, d'un calme terrifiant. Deux pieds s'approchent de l'homme à terre. Le bourreau porte une barre de fer. Boris crie « Non ! », mais seul son foie l'entend. La barre de fer vient doucement effleurer la nuque et le visage de Christophe. Sous cette caresse ambiguë, son regard semble, dans un ultime étonnement, se reconnecter à la réalité. Il parvient à s'accrocher à celui de son ami, dans une insupportable supplique. Le visage ensanglanté est déjà méconnaissable. La barre de fer disparaît, pour retomber lourdement quelque part sur le dos de Christophe. Ses yeux, plantés dans ceux de Boris, s'écarquillent sous la fulgurance de la douleur. Ils semblent ne plus devoir se fermer. Pourtant, lorsque la barre s'abat à nouveau sur son crâne dans un curieux bruit à la fois mat et sec, ils renoncent et se ferment doucement.

À la lumière artificielle et froide des feux de la voiture, la vision est abominable et hallucinante. Boris distingue nettement la boîte crânienne défoncée de son ami. De ce trou béant, suinte une matière visqueuse, d'une couleur mélangée de gris et de rouge, comme du yaourt avec de vrais morceaux d'âme.

Toute l'horreur de la situation est là, dans ce tremblement du petit doigt de Christophe, témoin de l'anarchie qui règne dans la tête saccagée. De temps à autre, un soubresaut vient secouer un membre : d'incongrues connexions cervicales ont ôté toute cohérence aux signaux électrochimiques circulant dans les nerfs ; la conscience a disparu pour ne laisser au corps que sa tangibilité de chair et d'os.

Concentré sur le tremblement du petit doigt de son ami, Boris n'a pas réalisé que les hommes ont couru vers le 4 x 4. Il entend les portes claquer. Dans un grondement sourd, le moteur fait crisser les pneus. Quelques secondes plus tard, l'engin et ses terroristes ont disparu.

Boris parvient à se traîner jusqu'au corps inanimé. Ses vêtements sont rougis par la poussière déposée sur la route par la briqueterie voisine. À travers ses larmes, il remarque que le petit doigt a cessé de trembler. Un silence de plomb est retombé dans la petite impasse. Par la portière restée ouverte parvient, depuis le téléphone tombé à terre, la voix de Sophie :

— Chéri, je t'en prie, réponds ! Qu'est-ce qui se passe ? Réponds !

Dans le silence de la nuit, cette voix douce est inquiète et, pourtant, immensément inconsciente du drame qui vient de se jouer…

II

12 mois plus tard.

Apolline marche d'un pas lent et chaloupé vers la porte du garage. À la vue de cette silhouette sensuelle, de ce visage aux yeux bleu délavé et de ces longs cheveux blonds, on pense d'abord : « Quelle fille superbe ! » Puis un doute apparaît : plutôt que de l'indolence, n'est-ce pas une paresse du vouloir qui transparaît à travers cette allure un peu indifférente et ces épaules imperceptiblement en avance sur le reste du corps ?

Mais la finesse du grain de la peau, la volupté des seins et la langueur du bassin ont tôt fait de chasser cette impression. Cette fille est belle, sa façon de marcher est lascive, voilà tout. Perchée sur des talons hauts et larges, elle emporte avec elle les volants de sa jupe légère qui jouent nonchalamment autour des jambes longues et talentueuses.

Arrivée à la porte du garage, elle pousse le lourd chambranle, qui n'est pas conçu pour les midinettes d'un mètre soixante-cinq – talons non compris – il faut qu'elle se fasse violence pour le faire céder. Elle pénètre dans la grande pièce sombre. Partout, des étagères encombrées de bobines électriques, de branchies artificielles, d'étranges échafaudages métalliques issus du croisement d'antennes graciles et de grille-pain ventrus, bref, tout un fatras ordonné d'ingénieur.

De ce garage, Boris a depuis des années fait un atelier de recherche. Depuis le bac, en fait. C'est son repère et il y a passé des centaines d'heures à souder entre elles des pièces indifférentes ou complices, créant des chimères électroniques à la finalité douteuse, mais toujours originales.

Apolline s'avance vers le fond du garage où brille une lumière blanche. La pièce est grande, on pourrait facilement y parquer trois limousines. Boris est penché sur un établi en bois, juché sur un grand tabouret. Il est concentré sur une micro-soudure, Apolline n'a jamais compris comment on pouvait coller deux pièces métalliques en faisant fondre un morceau de métal dessus. Ça dépasse son entendement, comme beaucoup d'autres choses.

Elle arrive près de Boris, tire à elle un autre tabouret et s'assied sans dire un mot. Elle reste là un long moment en silence, sans regarder ce que fait Boris, sans rien regarder de particulier d'ailleurs, attendant que se fatigue le moment. Les moments finissent toujours par se fatiguer et par laisser la place à d'autres, elle le sait. Alors, elle attend…

Le moment met un long moment à se fatiguer : Boris est concentré sur ses précieux et fragiles raccordements. Il connecte entre elles des autoroutes à électrons, pour créer un réseau intelligent, il ne faut pas bâcler ce travail de précision. D'ailleurs, il ne bâcle jamais rien. Près de vingt minutes plus tard, il relève enfin la tête et crie soudainement :

— "Ouaaiiiis" !

Apolline ne sursaute pas, mais elle se dit qu'un nouveau moment démarre.

— Tu es là, ma puce ?

En fait, il est toujours concentré sur son travail et ne sait pas vraiment s'il s'était aperçu ou non de sa présence. Elle penche doucement la tête sur le côté et éclaire la pièce d'un sourire languide. Dieu que ce sourire ambigu est séduisant ! Il découvre des dents parfaites d'une blancheur étonnante ; les lèvres fines, d'un ourlé et d'une symétrie incomparables, expriment une ineffable douceur. Il la regarde sans la voir, songeant à la façon dont il va tester son dernier montage.

— Apo chérie, j'ai terminé la dernière pièce de mon invention. Il faut que je l'essaie et, si ça marche, je n'aurai plus qu'à boucler la partie logicielle.

Il est tout excité, ça amuse tranquillement Apolline de le voir comme ça. Mais, déjà, il est reparti dans ses pensées... Brusquement, il se lève, attrape deux piquets d'une trentaine de centimètres fixés sur leur socle et va les disposer le long de chaque mur, presque à l'autre bout de la pièce. De retour à l'établi, il actionne un interrupteur sur l'appareil qu'il vient de terminer. Une diode rouge clignote, donnant à l'ensemble l'allure d'un dispositif d'espionnage. Puis, il prend un ballon de plastique sur lequel est sommairement scotchée une sorte de puce électronique.

— C'est le grand moment, dit Boris, plutôt pour lui-même.

Il respire un grand coup et lâche doucement le ballon. Celui-ci roule vers l'autre bout de la pièce. Lorsqu'il arrive au niveau des piquets et les dépasse, l'appareil posé sur l'établi se met à sonner.

— Ça marche, ça marche !

Comme fou, il entame une folle sarabande. Cloche-pied, pas chassé, balancement de fesses puis ondulation des hanches, c'est une indicible joie qu'exprime cette danse exutoire. Au détour d'un pas de menuet, il s'aperçoit qu'Apolline est toujours là. Il s'arrête brutalement, frappé par sa beauté. Le tissu de son bustier est si fin, on croirait une seconde peau directement posée sur ses seins fermes et voluptueux. Quelle impudique invite à la main ! Il avance les paumes vers la poitrine provocante, puis l'effleure doucement. Dans un mouvement incontrôlé, Apolline penche le buste pour aller à la rencontre de la caresse. Ses paupières tombent maintenant légèrement sur ses prunelles, tous ses sens attendaient ce moment, sans douter un seul instant qu'il ne finisse par arriver.

Pour Boris, la sonnerie déclenchée par le mouvement du ballon ponctue plusieurs mois de recherches. Ce couronnement, après tant de difficultés techniques, le ravit et le grise. Dans sa tête se mélangent l'ivresse du succès et le désir de cette fille si belle et si consentante. Ses mains s'emparent de ces courbes en les déformant doucement. Depuis les sillons imperceptibles qu'il laisse sur l'épiderme courent des frissons de plaisir qui irradient tout le corps d'Apolline. La peau au grain magique est encore plus fine et amicale lorsqu'elle est dissimulée au milieu du corps, c'est celle-là qu'il préfère. Alors ses doigts se font inquisiteurs et vont dénicher l'extrême douceur là où elle est. Ce qu'il aime par-dessus tout, c'est sentir à quel point, dans ces moments, Apolline n'est plus que sensations, n'est plus que plaisir : l'âme et l'esprit s'effacent au profit des terminaisons nerveuses, au profit du corps qui, tout en toucher, en possession et dépossession, échange avec celui de l'autre la félicité suprême des glissements amoureux. C'est si bon, si fort qu'il se prend parfois à penser que c'est pour *ça* qu'il est avec elle.

Leur étreinte, à même l'établi, est passionnée. Comme toujours, il a l'impression de manipuler une pâte à modeler hypersensible, tantôt préoccupée de son seul plaisir, tantôt avide de prendre et de se repaître de ce qui fait l'amour physique chez l'autre. Et comme toujours, quelques secondes après l'étonnement absolu et totalitaire du plaisir terminal, elle sombre brutalement dans un sommeil profond, proche du coma. Habitué à cette absence réparatrice chez sa compagne, Boris la regarde amoureusement. Allongée sur l'établi, elle expose une plastique impudique et licencieuse qui contraste avec l'assemblage hirsute des appareils électroniques alentour.

« Quelle drôle de fille ! », se dit-il. « Apolline, cher et tendre mystère qui occupe mon présent et mes rêves d'avenir, suis-je sûr de faire le bon choix avec toi ? » Ils sont si différents, tous les deux ! Lui, déterminé, volontaire, pilote de son destin, s'est épris d'une jeune fille un peu paumée qui se laisse ballotter par les hasards de la vie. Adorable et extraordinairement belle, elle donne l'impression de ne rien décider de ce qui, jour après jour, fabrique son cheminement personnel. Pourtant, tout se passe bien pour elle : malgré la fortune de ses parents, elle fait de vagues études d'histoire, après avoir eu son bac sans véritable difficulté à la troisième tentative.

Leur rencontre a été comme une cueillette évidente : il l'a vue, l'a ardemment voulue et, comme si ce seul fait suffisait à ce qu'elle délivre son consentement, l'a gagnée. Ça n'est pas sans inquiéter Boris : cela se serait-il passé de la même façon avec tout autre que lui ? Certes, elle a l'air amoureuse de lui, du moins au regard de ses comportements habituels, peu démonstratifs – sauf quand elle fait l'amour. Mais que signifie aimer, pour elle ?

Et que se passera-t-il si quelqu'un d'autre la désire ardemment ? Se laissera-t-elle cueillir à nouveau, à ses dépens à lui ? Ce serait une douleur insupportable, il le sait et souffre à la seule évocation de cette éventualité. L'amour qu'il éprouve pour elle, est fabriqué de sentiments disparates et mélangés : admiration pour son talent à vivre simplement, attirance pour sa beauté et sa peau, tendresse pour sa vulnérabilité.

Ses yeux se posent sur sa dernière création électronique qui, en flirtant avec la peau d'une cuisse d'Apolline, forme un saisissant contraste de froideur et de chaleur. « Voilà les deux objets qui portent mes espoirs », murmure-t-il.

Il avance la main pour toucher l'appareil, mais celle-ci est attirée, comme contre son gré, par la peau d'Apolline et vient se poser sur elle. Malgré la douceur du geste tout en retenue, Apolline ouvre un œil, puis deux. Elle regarde Boris, lui sourit.

— Je t'ai réveillée, ma puce ?

— Je crois que j'ai eu un coup de barre, dit-elle en s'étirant.

— Dans tous les sens du terme, si l'on peut dire !

Apolline ne sourit jamais à ses blagues. Il n'a jamais vraiment su si c'est parce qu'elle ne les comprend pas ou si c'est parce qu'elle a l'hilarité peu dispendieuse – il n'a jamais évoqué l'éventualité de ne pas être suffisamment drôle.

Elle se relève, passe une jambe dans l'autre moitié de la petite culotte pendue à une cheville et l'enfile. En ajustant sa jupe remontée sur les hanches, elle pose les yeux sur le dispositif électronique de Boris.

— C'est quoi, ce truc ?

— C'est mon invention pour les hors-jeu, tu sais…

— Quelle invention ?

Boris lève gentiment les yeux au ciel. Avec toute autre, il s'énerverait, s'impatienterait, pesterait. Mais il a appris à traiter Apo avec la même patience que celle qu'il déploierait pour un enfant.

— Tu te rappelles que j'ai perdu un ami cher à cause d'une faute d'arbitrage sur un hors-jeu ?

— Oui, ton copain Christian ?

— Mon ami Christophe. Et qu'est-ce que j'ai décidé ? Tu te souviens ?

Apolline continue tranquillement de se rhabiller. Sans le regarder, elle répond distraitement :

— Ah oui, la lune, l'électronique…

— Voilà. Ça fait trente ans qu'on a marché sur la lune et on n'est pas foutu de trouver un truc pour juger les hors-jeu de façon fiable.

— Marcher sur la lune, voilà une chose que j'aimerais, dit Apolline tranquillement.

— Oui ma puce, mais c'est pas la question – Boris ne perd pas patience. Alors j'ai décidé d'inventer un appareil électronique qui jugera les hors-jeu automatiquement.

Apo s'est assise sur l'établi, elle frôle l'appareil d'une main respectueuse et curieuse.

— Comment ça marche ?

— Ça utilise des techniques de radar et d'informatique pointues.

— Ah ?

— Oui, le mécanisme de radar repère les joueurs et le ballon sur le terrain et le logiciel calcule les positions de hors-jeu.

— Ah ?

— Ouais. Et attention, hein, tout ce que je te dis là est top secret, je n'ai pas envie de me faire piquer mon invention. Pas un mot à personne, OK ?

— On sort demain soir, je t'ai dit ?

— Mais, c'est pas de ça que je te parlais, je te disais de ne pas…

Puis, réalisant que le lendemain soir est un samedi :

— Demain soir ? Mais qu'est-ce que tu me chantes, demain soir je vois mes potes, je te l'ai dit depuis au moins… au moins quelques jours…

— C'est pas grave, c'est rien…

Elle n'est pas plus peinée que ça, enfin ce n'est pas facile à savoir, elle est peut-être un peu boudeuse quand même…

— C'est quoi, cette soirée, d'ailleurs ?

— Rien, un vague truc caritatif chez mes parents, pas vraiment la soirée enthousiasmante, mais il faut que j'y sois et ça m'aurait fait plaisir que tu m'accompagnes.

— Écoute, ça m'aurait fait plaisir aussi mais c'est hors de question, je ne peux pas planter mes copains alors que notre soirée est planifiée depuis longtemps !

— Planifiée, oui. De toute façon, c'est pas grave, je te dis.

— Désolé, ma puce, je ne peux vraiment pas me décommander.

Boris est soulagé, il a sauvegardé sa soirée tout en évitant un drame. C'est plutôt un exploit, il n'a aucun talent pour résister aux sollicitations d'Apolline. C'est souvent qu'il enrage en constatant que, sans avoir l'air d'y toucher, elle le mène par le bout du nez – c'est le monde à l'envers. Mais là, il est fier de lui, il a tenu bon. Silencieux, il met un peu d'ordre sur l'établi.

*

* *

En double-cliquant sur le message électronique, Boris n'en revient pas.

— C'est incroyable ce que la police a évolué dans ses méthodes ! murmure-t-il pour lui-même.

Le fichier s'ouvre sur un texte :

« *Monsieur,*

Vous trouverez ci-après, comme convenu, les photos des cinq suspects ne disposant pas d'alibi réellement solide. Tous sont connus pour leur "hooliganisme" et sont propriétaires d'un 4 x 4, ou l'étaient au moment des faits. Nous affinons nos recherches afin de déterminer la marque du véhicule qui vous a percutés, à partir des impacts laissés sur la voiture de Monsieur Pernin, mais l'exercice est difficile et les experts ne sont pas sûrs d'y parvenir.

Merci de consulter ces clichés et de me rappeler au moment où vous le ferez.

Commissaire Querzec. »

Il ouvre l'icône en forme de gyrophare. Son cœur bat la chamade à l'idée de se retrouver face au meurtrier de Christophe. Sur l'écran apparaissent effectivement cinq photos. Dieu que ces suspects en ont l'air ! – le monde est bien fait. La galerie de portraits donne froid dans le dos. On ne peut certes pas reprocher l'absence de sourire affable de la part de malabars photographiés par des flics agressifs ou soupçonneux. Mais on sent qu'ils ont la haine chronique, la rancœur vissée au corps et l'hostilité tenace et générale. Brrr...

Un examen attentif lui permet de se rendre compte qu'aucune des photos n'éveille de souvenir en lui. En fait, il ne se souvient pas du visage de ses agresseurs. Ce n'est pas une surprise : déjà, l'exercice du portrait-robot avait été un échec. Après tout, il n'a qu'entraperçu leur visage, et encore, avec une torche en plein dans les yeux. Rien d'étonnant à cet échec.

Surmontant sa déception, il tente distraitement d'identifier dans ces visages un trait commun qui permettrait de reconnaître de loin les individus dangereux. Pas facile : la nature n'est pas avare d'imagination et la conformation des faciès patibulaires est variée. Chez plusieurs, les petits yeux rapprochés, le rictus et le front fuyant semblent pourtant devoir donner de sérieux indices. Il attrape le téléphone près de lui et tente d'obtenir la tonalité. Mail il n'obtient rien d'autre qu'un drôle de grésillement.

— Merde, c'est vrai, j'occupe la ligne avec internet. Couillon !

Il raccroche, attrape son mobile, posé là sur le bureau, et compose le numéro du commissaire Querzec. La sonnerie retentit quatre ou cinq fois, puis ça décroche.

— Querzec, à vous…

Boris est un peu décontenancé par cette curieuse façon d'accueillir son interlocuteur téléphonique.

— Euh… Bonsoir, commissaire, c'est Boris Bogard.

— Bonsoir, Bogard. J'attendais votre appel.

— J'ai ouvert votre fichier.

— Vous avez regardé les photos ?

— Oui, je les ai regardées mais…

— Vous n'en avez rien tiré ?

— Vous savez, commissaire, le seul moment où j'ai eu ces salauds devant moi, j'avais une torche braquée sur les yeux, alors…

— Je sais, mais j'espérais que vous pourriez reconnaître une forme, une silhouette, l'allure générale d'une tête, quoi. Que vous auriez quand même un flash, si j'ose dire…

— Très drôle, commissaire. Mais en fait, vous me donnez une idée.

— Ah oui ? Quelle idée ?

— Il faut que j'essaye, je vous rappelle.

— OK, à plus tard.

Boris raccroche. Il est excité, il trouve que son idée, pour saugrenue qu'elle paraisse, vaut la peine d'être testée. Il pose son mobile sur le tapis de souris et file dans la cuisine. Dans son appartement de soixante mètres carrés, les pièces sont soit nues et dépouillées, soit suréquipées. Au rang des espaces surchargés figurent cuisine et salle de bains. En fait, il adore les gadgets. Alors, les pièces utilitaires recueillent le fruit de tous ses émerveillements, du simpliste mais génial presse-ail à l'invraisemblable rasoir/brosse à dents électrique, acheté au Japon. Se mêlent à ce fatras, ça et là, ses inventions, incongrues et sûres d'elles. Dans les grandes pièces en revanche, c'est le dénuement le plus complet : dans le séjour-salle à manger, pas de télé, seul l'ordinateur posé sur des tréteaux brise un peu la sobriété de l'espace, quelques poufs – dont un tout mou de trois places, capable de digérer et faire disparaître à jamais l'imprudent qui se risquerait à s'y asseoir seul – et une table basse contenant un shaker réfrigéré qui vous sert un cocktail par simple pression sur un bec latéral.

Il fouille dans le placard de la cuisine. En vain.

— Nom de Zeus, où est-ce que je l'ai fichue ?

Il tente de se souvenir de la dernière fois qu'il en a eu besoin. Ah oui, c'était lors de la grande tempête de Noël 1999, lorsque les vents déchaînés ont plongé la région dans le noir pendant plusieurs heures. Ça ne lui dit pas où il l'a rangée, à moins que…

Il se dirige dans la salle de bains. Ça y est, il se souvient. Il ouvre un tiroir fourre-tout au dessous du lavabo. Dedans, un ensemble hétéroclite d'appareils qu'il malaxe comme une pâte à pain pour faire remonter à la surface les strates inférieures d'objets. Soudain, il la voit.

— Bingo !

Elle est là, gainée de noir, imposante. Il l'essaye. Elle marche comme au premier jour.

— “Re-bingo” !

De retour à l'ordinateur, il la fixe sur le dessus de l'écran avec un gros ruban adhésif.

— Voilà, ça tient…

Il s'assied devant la console d'ordinateur et clique à nouveau sur la première photo afin de l'agrandir. Elle occupe à présent tout l'écran et n'est pas loin d'être à l'échelle un. Les yeux mauvais le fixent avec animosité, ça donne froid dans le dos. Il regarde autour de lui ; il n'est pas satisfait des conditions d'éclairage. Il se lève, tire les rideaux épais devant la double-fenêtre et colmate les brèches qui laissent entrer le jour. La pénombre est maintenant suffisante pour imiter les conditions du drame.

Il retourne au bureau et s'assied. L'écran diffuse une lumière douce mais trop importante. Quelques clics et la luminosité est juste à point. C'est le moment.

Il effleure les contours de la torche arrimée sur le haut de l'écran pour repérer l'interrupteur et pousse celui-ci. Paf, dans la figure, les flux de photons agressifs viennent cogner sa rétine… Il cligne des yeux tout en essayant de fixer le visage sur l'ordinateur. L'effet est saisissant ! Il est brusquement projeté la nuit du drame, par les contours de cette figure mauvaise. Malgré tout, cette face de rat n'est pas la bonne. En tout cas, elle n'éveille aucun écho, ne coïncide avec aucune des visions approximatives gravées dans sa mémoire. Il réitère l'expérience avec la photo suivante.

Et là, le choc survient. Dans ces conditions artificielles, certes, mais aussi proches que possible des heures noires, Boris sent que l'image qu'il a sous les yeux a de terribles airs de connivence avec les cauchemars qui hantent ses nuits. Il reste longuement devant la brute, bouge pour faire varier l'angle d'incidence des rayons lumineux sur ses yeux. Ce qui entre en résonance avec ses souvenirs, ce sont en fait les contours ronds du haut du crâne et la base carrée du menton. Sans qu'il n'ait jamais pu se le formaliser, il lui semble à présent, devant cette mise en scène, que l'un au moins de ses agresseurs avait les cheveux tirés en arrière, à moins qu'il n'ait été chauve. Aucune certitude bien sûr, mais quand même, pourquoi son rythme cardiaque se serait-il accéléré au moment précis du face à face virtuel s'il n'y avait pas un peu de réalité dans tout ça ?

Une autre photo, la dernière, a semé le trouble dans l'esprit de Boris : même sentiment malsain de déjà vu, même familiarité louche et menaçante…

Il note soigneusement les clichés qu'il a repérés et compose à nouveau le numéro du commissaire Querzec. Au bout de quelques sonneries, ça décroche. Boris s'est préparé et grille la politesse à Querzec.

— Bogard, à vous…

Querzec ne tique pas.

— Alors, Bogard, qu'a donné votre idée ?

— Je pense que l'on peut creuser les pistes pour les individus deux et cinq. Bien sûr, ça ne les accuse pas, pas plus que ça ne disculpe les autres. Après tout, je n'en ai vraiment aperçu que deux, sur les quatre.

— Je sais. Mais c'était quoi, au juste, votre idée ?

— J'ai organisé une petite mise en scène pour recréer les conditions de la bagarre.

— Une… "petite mise en scène" ?

— Oui, une sorte de reconstitution virtuelle. Je me suis fichu une lampe dans la tronche et j'ai visualisé vos photos comme ça.

Querzec reste songeur un moment.

— Pourquoi pas ? Eh bien, nous allons voir ça. Je note vos soupçons : vous m'avez bien dit deux et cinq, c'est ça ?

— Yes, sir.

— Bon, OK. Je vous tiens au courant. Au revoir.

— Ciao.

Boris raccroche. Que peut donner l'enquête ? Querzec est un bon flic, organisé et plutôt efficace. S'il n'a pas plus progressé en un an, c'est à cause des lourdeurs judiciaires et du nombre élevé d'affaires à gérer plus que par manque de détermination ou de savoir-faire.

Il regarde sa montre. Il est temps de se préparer, c'est samedi soir. Il sort.

*

*   *

Si l'on songe que Querzec est flic, on ne peut que s'incliner devant sa stupéfiante habileté à résoudre des énigmes. Quel que soit l'imbroglio d'une situation, il finit toujours, à force de précision et d'obstination, à en décrypter les tenants et aboutissants.

Ces mêmes qualités font de lui un prodigieux "démêleur" de nœuds. N'est-il pas, d'ailleurs, vice-champion d'Europe 99 des "démêleurs" de nœuds dans la catégorie "diamètre 0,3 mm", avec un temps moyen de 4 minutes et 37 secondes – à 7 secondes seulement du vainqueur, un serbo-croate paraplégique ?

Dénouer les nœuds, c'est sa grande passion. À toute heure du jour, en toutes circonstances, il occupe ses doigts à fabriquer des entrelacs inextricables pour avoir, ensuite, le plaisir de les défaire le plus vite possible.

Au boulot, c'est pareil. Combien de fois a-t-il laissé sonner le téléphone de peur de perdre le brin diabolique qui menait à la victoire contre un serpentin retors ? Briefings, réunions et conversations avec ses pairs, interrogatoires, planques, il parvient à s'adonner à son vice sans, apparemment, voir se dégrader ses performances sur le reste de ses occupations. Comme si une partie de son cerveau, autonome, était dédiée à cette activité sans empiéter sur les ressources allouées aux fonctions principales.

Ce tic exaspère ses collègues. Mais en contrepartie de cette manuelle manie, Querzec est un élément précieux pour le commissariat. Lorsqu'une enquête délicate est en cours, alors même qu'il est concentré sur ses boucles rétives et qu'il paraît hermétique aux conversations qui l'entourent, il formule *la* remarque qui résout le problème. Alors, ses collègues se font une raison et s'accommodent tant bien que mal de son obsessionnel ouvrage.

C'est pas comme ses copines.

Des copines, il en a parfois. Rien de surprenant, il n'est pas repoussant et il est toujours fringué en civil. Mais ça ne dure jamais bien longtemps. Il les choisit toutes pour leurs cheveux longs, très longs parfois, plutôt que pour leur plastique ou leur personnalité. Et, fasciné par l'invraisemblable appétence des fibres capillaires pour les embrouillaminis orgiaques, il passe le plus clair de son temps à démêler l'abondante chevelure de ses compagnes. Se faire tripoter les cheveux, les filles adorent ça – allons, allons, tout le monde le sait. Alors, au début, ses copines goûtent leur chance. Puis, surprises et rapidement inquiètes devant l'intérêt exclusif de Querzec pour cette activité, au détriment d'autres passe-temps appréciés des filles, comme le sexe – allons, allons, tout le monde le sait – elles finissent par prendre peur et mettent un terme à leur relation. L'une d'entre elles a tenté de résoudre le problème en se coupant court les cheveux mais, là, c'est lui qui est parti…

À part ça, Querzec est un type normal et un excellent flic. C'est lui qui est en charge de l'enquête sur l'assassinat de Christophe Pernin. Il est assis dans son bureau et farfouille une mini-pelote de fil de 0,3 millimètre de diamètre. Devant lui sont étalés cinq dossiers plus ou moins complets sur les suspects. Il se penche sur son interphone et appuie sur un bouton disposé sur le cadran.

— Justine, tu peux rappliquer ? J'ai reçu les derniers éléments de l'affaire Pernin. Sois gentille, encombre-toi la main droite en passant.

Ça, c'est un code entre eux pour lui demander de passer prendre un café au distributeur. Il le prend long, sans sucre, mais les lecteurs les plus habiles découvriront vite que c'est sans grande importance pour le reste de l'intrigue.

En attendant l'arrivée de sa partenaire, il débrouille quelques lacets d'une seule main, faisant tournoyer ses doigts avec une dextérité étonnante. De l'autre, il classe les dossiers. Son bureau exigu se prête mal au tri mais, en repoussant sur les bords les crayons, gommes, boules de fil et autres objets qui traînent là, il parvient à faire suffisamment de place pour obtenir une zone de travail convenable. Justine ouvre la porte sans frapper. Elle entre et pose le café sur le petit espace ménagé à cet effet sur le bureau.

— Le café de Monsieur le commissaire.

— Merci. Pose tes fesses sur la chaise.

Les fesses de Justine, c'est ce que le commissariat compte de plus hospitalier. À vingt-six ans, cette jeune fille au physique quelconque a pour la police une telle vénération qu'elle ne peut songer à refuser ses charmes à ceux qui lui en font la demande, dès lors qu'ils font partie de la “Grande Maison”. C'est de notoriété publique, et accepté avec la plus grande bienveillance par cette petite communauté. Tant de naturel et de saine générosité chez cette jeune fille ne peuvent choquer personne. D'ailleurs, sur un effectif de trente-cinq permanents, plus de dix-huit – dont deux femmes – ont profité ou profitent occasionnellement de cette option gratuite. Mais, attention, aucune chance, pour un civil, de s'allonger à ses côtés !

Querzec, lui, n'est pas concerné : elle a les cheveux courts. Alors, peu lui importent son visage rond aux traits un peu épais mais sensuels, ses jambes pas gracieuses mais accueillantes, ses fesses et ses seins sans caractère mais généreux, ses yeux clairs, désarmants lorsque vous lui demandez de passer un moment avec vous – ce qu'elle a de plus réussi, finalement, c'est son prénom. Elle n'est, pour lui, qu'une sympathique et débrouillarde partenaire.

Il prend le premier dossier et l'ouvre de sa main libre. Il tourne la photo du côté de Justine qui, gênée par la lampe de bureau, se décale sur le côté de quelques dizaines de centimètres en faisant affreusement grincer la chaise sur le sol. Querzec plisse les yeux en grimaçant.

— Merci ! Bon, si tu es bien installée, on peut peut-être y aller.

— Ça va…

— Bien. En visionnant les photos, Bogard a émis des soupçons sur deux des cinq suspects. Je ne te dis pas lesquels, pour ne pas biaiser ton analyse des profils.

— Il les a reconnus ? Je croyais qu'il n'avait aucun souvenir et qu'il était incapable de les décrire…

— Tout juste, mais finalement, ça a l'air de lui être revenu. Bon, le premier de la liste est Kevin Tranche.

— Tranche ? C'est son nom ?

— Oui, Kevin Tranche, trente-neuf ans, artisan charcutier, divorcé, deux enfants.

Justine détaille la photo. Elle a beau l'avoir déjà vu, elle frissonne devant le visage à la rondeur méchante et aux petits yeux mauvais. Une mèche huileuse fait disparaître le front déjà fuyant, le cou est vissé dans une masse graisseuse intimidante. Sous le nez épaté, les petites lèvres fines témoignent de la sécheresse des sentiments.

— Brrr… Quelle brute épaisse, et quelle sale tronche ! Si ce mec mange du jambon, c'est un cannibale. Des antécédents policiers ?

— Rien de sérieux, sa femme a demandé le divorce parce qu'il la battait.

— Sympa, le mec. Note bien, vu la tronche, si sa rombière l'a choisi, c'est qu'elle doit aimer les coups…

— Imagine qu'il soit flic ici, tu plongerais ?

— Aucune chance que ce mec soit flic, répond Justine en haussant les sourcils, sans se démonter. Côté foot, ça donne quoi ?

— Il ne fait partie d'aucun club de supporters, mais c'est un habitué du stade et il a déjà été repéré pour des comportements violents. Ceci dit, le soir de la finale, il est allé au match avec son fils de douze ans.

— Ah. Ça le disculpe à peu près, non ? Il n'a sûrement pas fait le coup de force avec le môme. Comment se fait-il qu'il soit encore parmi les suspects ?

— Parce qu'il habite juste à côté du stade, et que son fils est rentré seul, directement. Lui, dit être allé faire un tour pour se calmer et boire un verre après le match, avant de rentrer.

— Ça doit être facile à vérifier, non ? Il a donné le nom du troquet ?

— Impossible, il affirme avoir acheté sa bière à un petit vendeur ambulant sur le trottoir.

— Aïe ! On est obligé de le croire sur parole, alors.

— Tout juste. En ce qui concerne la bagnole, RAS. C'est une vielle Land Rover, toute écornée de partout.

— Il y a des traces de coups sur le pare-chocs avant ?

— Oui, mais une telle multitude, provenant de tant de chocs, qu'on ne peut rien en tirer de sérieux.

— En résumé, rien qui ne l'accuse formellement ?

— Tout juste, et rien qui ne l'innocente formellement non plus.

— Passe au suivant, alors. Et arrête d'agiter tes doigts comme ça, tu me donnes le tournis.

Querzec se concentre sur la résolution du nœud. Au bout de sept ou huit secondes, il tire avec précaution et détermination sur le brin de 0,3 millimètre de diamètre. Les boucles s'emboîtent et se dissolvent les une dans les autres comme par enchantement. Avec satisfaction, il exhibe le fil débarrassé de toute circonvolution contrevenante.

— Suivant ? demande Justine pour presser le rythme.

— Le suivant, c'est… – il ferme le dossier précédent et ouvre le suivant – Maximilien Parsec. Agent d'assurances de son état, trente et un ans, célibataire multirécidiviste.

— Comment ça, “célibataire multirécidiviste” ?

— Marié trois fois, une fois divorcé, deux fois veuf.

— Curieuses coïncidences pour un agent d'assurances, surtout à trente et un an.

— Tout juste, mais il n'a jamais été inquiété.

— Il est moins laid que le précédent, mais il fait encore plus peur. Je me demande comment il trouve des clients !

— Tu sais, dans l'assurance…

Petits yeux rapprochés et cruels, nez aquilin, calvitie presque totale, menton en pointe et lèvres pincées, on devine le type oublié par la force physique et qui compense par une savante inhumanité. Querzec sirote son café doucement. Pour une fois, il ne gigote pas des doigts.

— Parsec est adhérent au club de supporters le plus virulent, “Les Saccagés”. Trésorier-suppléant, exactement.

— Ça sert à quoi, un trésorier-suppléant ?

— C’est celui qui trafique les comptes quand le trésorier en activité va en tôle.

— Dis-moi, on a déjà eu des ennuis avec “Les Saccagés”, non ?

— Tout juste… Ils ont dévasté la tribune nord, le jour du meurtre de Pernin. On a visionné les films pris par la télé, Parsec ne figure pas parmi les agitateurs.

— Qu’est-ce qu’il a fait après le match ?

— C’est assez confus. Il affirme être rentré chez lui, où il habite seul, mais les voisins disent n’avoir repéré sa présence qu’à plus d’une heure du matin.

— Repéré, comment ça ?

— Ses toilettes grincent affreusement, quasiment au point de réveiller tous ses voisins. Impossible pour Parsec de tirer la chasse sans ameuter la moitié de l’immeuble. Sa vie intestinale n’a pas de secret pour ses voisines.

— Élégant, Querzec ! Bon, on a là un individu bougrement suspect.

— Tout juste. Le seul hic, c'est qu'il a vendu son 4 x 4, il y a près d'un an à un type qui a changé toutes les garnitures, y compris les pare-chocs.

— Peu de temps après le meurtre, tu crois que c'est encore une coïncidence ?

— C'est pas impossible : c'est un fou d'automobiles, il change de caisse régulièrement. Mais, va savoir. En tout cas, le nouveau propriétaire se souvient que le pare-chocs était abîmé, mais c'est très vague comme information, et donc inexploitable. Va falloir creuser encore, notamment sur ses fréquentations et son entourage.

Au moment où il referme le dossier, le téléphone sonne.

— Querzec, à vous. Ah, bonjour Maman !

C'est sa mère, ça dure toujours moins de deux ou plus de vingt minutes, jamais entre les deux. Justine sait qu'il faut un peu moins de trois minutes pour aller jusqu'au distributeur, attendre que le liquide remplisse le gobelet et revenir. Deux ou vingt minutes, elle saura à quoi s'en tenir en revenant de son bref flirt avec l'automate.

Lorsqu'elle est de retour, les deux mains encombrées de cafés, Querzec est penché sur le troisième dossier, les doigts occupés à défaire un nouveau nœud. Elle pose les cafés soigneusement.

— Fais voir la vedette…

— Celui-là devrait te plaire. Yann Le Floch. Un peu maquereau, belle tronche, belle ordure.

— Tu le trouves beau mec ?

En fait, Justine n'arrive pas à se prononcer. Ce faciès lui inspire-t-il de l'attirance ou de la répulsion ? Les yeux bleu délavé, les cheveux blonds en brosse sur un front dégagé et le visage carré suscitent plutôt, au premier abord, de la sympathie. Puis l'asymétrie du visage reprend le pas, la balafre sur la joue plutôt que de la virilité lui donne un air de malfrat. À travers la force indéniable du personnage, on sent un petit potentat d'égocentrisme au service de misérables ambitions. Justine plisse le nez pour signifier son dégoût.

— C'est tout vu, il ne me plaît pas !

— Attends de voir le tableau complet : militant d'extrême-droite, impliqué dans des affaires de proxénétisme, plusieurs séjours en tôle, bref le gendre idéal.

— Côté foot, j'imagine que c'est pas vraiment un ange ?

— Tout juste : "hooliganisme" récurrent, deux interpellations sans suite pour violence dans le stade.

— Alibi après le match ?

— Fin comme une culotte de pute : il dit avoir passé la fin de soirée avec une fille. Il en a trouvé une qui corrobore ses affirmations, bien sûr, mais ça vaut pas un clou. Ah, je l'ai eu, il était coriace celui-là !

Il pose le fil qui, vaincu, a fini par vomir les ultimes coudes et révolutions.

— La bagnole ?

— C'est là que le bât blesse. C'est bien un 4 x 4, mais les experts disent que c'est un modèle un peu trop petit pour les traces laissées sur la voiture de Pernin.

— Il le sait, que sa bagnole le disculpe ?

— Ah non, on n'a dit à aucun des suspects qu'on savait que le véhicule des agresseurs était un 4 x 4.

— Pourquoi ?

— Moins ils en savent, plus on a de chances de les coincer.

— Bon, mais alors, Le Floch, pourquoi on le laisse parmi les suspects ?

— D'abord, parce qu'il m'arrive d'être prudent face aux conclusions des experts. Par exemple, il pourrait avoir équipé son modèle de roues surélevées. Ensuite, je voulais au moins cinq photos à montrer à Bogard pour tester sa capacité de jugement.

— Alors justement, celui-là, il l'a reconnu ou pas ?

— Tout à l'heure, je te dirai.

Justine fait la moue, elle a du mal à contenir son impatience.

— Combien il en reste, alors ?

— Deux. Tiens, regarde.

Justine termine de boire son arabica de pacotille, essuie la petite marque de café laissée sur son nez par un rebord de gobelet discourtois et se concentre sur la quatrième photo.

— Tiens, je ne m'attendais pas à ça.

Le visage qui apparaît ne dénote pas des précédents : barbe de trois jours, pommettes agressives, bouche mauvaise et sourcils effrayants, le masque parfait du hooligan meurtrier est en place. Pourtant, c'est bel et bien la figure du brigadier Montfort qui figure là.

— Figure-toi que cet homme, je le connais, dit-elle.

— Ah oui ? Il a une sacrée tronche de truand, tu as de drôle de fréquentations !

— Je peux même dire que nous avons été intimes.

— Mais alors, il est flic, ce mec ?

— Bon, ça va, dis-moi plutôt pourquoi tu as mis le portrait de Montfort dans la série de photos. Toujours pour brouiller les pistes avec Bogard ?

— Tout juste. Ça ne fait jamais de mal de glisser un ou deux leurres dans un travail d'identification, pour tester la fiabilité du jugement du témoin.

— Inutile que je te demande s'il est tombé dans le piège ?

— Plus tard. Bon, on termine ? Voilà le dernier gaillard.

Ça tombe bien, Justine commence à se lasser de cette triste revue d'effectifs.

— Dis, tu poserais pas ce bout de fil, ça me fatigue ?

Sans rien dire, il pose le casse-tête de fil sur le bureau et montre le cliché à sa partenaire. La dernière photo ne peut être truquée, cette fois, elle en est sûre. Une vraie bonne bouille de voyou : les traits durs, la boucle d'oreille dans le lobe gauche, les cheveux tirés en queue de cheval, les paupières tombantes qui pourtant ne masquent pas la dureté du regard.

— Tu me fais le résumé ?

— C'est bien d'un résumé qu'il s'agit, sinon on va y passer la nuit. Alors : Johnny Oueldecq, militant d'extrême-droite, ancien membre des services secrets viré pour activisme politique, adhérent d'un club de supporters “Les Virulents”, propriétaire d'un 4 x 4 conforme à l'impact laissé, et pas d'alibi convaincant – une vague maîtresse, demi-pute, qui jure sur sa virginité qu'il était avec elle.

— Autre chose pour cet ange ?

— Tout juste : c'est l'homme de main d'une belle ordure, Zontiev, un type qu'on n'arrive pas à coincer tellement il s'est fait une couverture en béton.

— Zontiev ? Ça ne me dit rien. Quoi, comme couverture ?

— Bon écoute, c'est pas Zontiev qui nous intéresse ici, on en reparlera à l'occasion.

Querzec referme le dossier.

— Alors, à ton avis, sur qui a flashé Bogard ?

Elle réfléchit un long moment.

— Tranche, je le vois pas dans un coup pareil. C'est peut-être parce qu'il a un gosse et que ça l'humanise.

Il la laisse réfléchir à haute voix. Elle poursuit.

— Montfort, je l'élimine aussi, ça te ferait trop plaisir, sinon…

— Tout juste. Il en reste trois.

— Je mettrais bien le dernier en vedette, là, le Johnny. Il cumule tous les vices et il a vraiment le physique de l'emploi.

— Qui d'autre ?

— Encore un, peut-être ? Il y a le maquereau et le trésorier.

— “Le maquereau et le trésorier”, c'est pas une fable de La Fontaine ?

— Arrête ! Allez, j'élimine le bellâtre blondinet, les experts ne se trompent pas souvent et le coup de la bagnole non conforme me paraît quand même embêtant. Ça va, je dis le deux et le cinq.

— Ben, ma chère !

— Quoi, j'ai vu juste ?

— Tout juste, oui ! C'est exactement le diagnostic de Bogard.

— Yes ! dit Justine en faisant un geste rageur du poing.

Elle n'est pas peu fière.

— Bon, comment on avance ?

— On tient deux pistes à creuser, sans pour autant abandonner les autres. Alors on s'y met.

— Parsec et Oueldecq, c'est ça ?

— Maximilien et Johnny, oui. Beau programme, en vérité.

Il attrape le nœud délaissé et se concentre à nouveau. Justine regarde ses doigts agiles pensivement, sans se rendre compte que les siens esquissent les mêmes gestes.

III

La maison des Roche de Fontaine n'est pas une maison. Une maison, c'est pas grand comme ça. Il ne faut pas traverser une moitié de parc pour atteindre une maison. Une maison ? Avez-vous vu une maison capable d'accueillir un chapiteau dans le salon ? Chez les Roche de Fontaine, on ne prononce jamais le mot "maison", parce qu'on ne le connaît pas.

"Manoir", trop vétuste, est de plus considéré comme vulgaire depuis qu'on soupçonne Dali d'avoir voulu l'employer dans *Visages cachés*, son roman. "Demeure" a, dans les moments de simplicité, droit de cité. Mais, chez les Roche de Fontaine, on dit essentiellement "Propriété". Et, en ce samedi soir, ils ont convié tout ce que la région compte de notables dans leur "Propriété".

Quand il gare son tas de ferraille à côté des bagnoles de riches, Boris fait grise mine. Il imagine déjà le regard réprobateur des pingouins au cocktail, devant sa tenue décontractée – polo et jean noirs. Mais faudra pas le chercher. Les soirées caritatives, il n'aime pas ça, surtout lorsqu'il sait que ses copains font la bringue sans lui, lui qui leur a fait faux bond au dernier moment. Quelle honte !

Il salue en maugréant le maître d'hôtel qui l'accueille avec solennité. Mascarade ! Une fois entré, il cligne des yeux devant l'intensité lumineuse. « Ma parole, c'est Versailles ! » Partout, des lustres, des appliques, des lampes sur pied inondent de lumière la colossale entrée. Une dame en livrée noire et blanche se présente pour le débarrasser de son vêtement mais reste interdite en voyant la simplicité de sa mise. L'ignorant, il s'avance vers un mur et ajuste un tableau légèrement de guingois. Pour la vieille employée de maison, le choc psychologique est réel et profond : un tic nerveux vient déformer la bouche de la malheureuse, malgré la raideur des traits. Pour manifester son indignation, elle relève le menton, sourcils haussés, comme pour défier celui qui vient transgresser les conventions.

Amusé, Boris s'avance vers le salon principal. Il connaît bien les lieux, les parents d'Apolline l'accueillent toujours avec gentillesse. Leur simplicité et leur relative ouverture d'esprit contrastent avec la grandiloquente ampleur des lieux. Il apprécie la manière dont Pierre, le père, conduit ses affaires – des méthodes d'après-guerre mâtinées d'Internet. Le tout compose un mélange totalement saisissant et inhabituel, privé des principes de cohérence que stipulent les manuels de management.

Pierre de Roche de Fontaine fabrique et vend des vêtements marins avec un certain succès. Pulls, imperméables, chaussures, rien que du très haut de gamme – n'espérez pas vous revêtir de laine

Roche de Fontaine pour moins de cinq ou six cents euros. La fortune de la famille s'est pourtant faite sur les biscuits de l'usine familiale, depuis quatre générations. Mais las de mettre la main à la pâte, il a vendu l'entreprise à un grand groupe européen, il y a une douzaine d'années, au grand dam des cousins et actionnaires minoritaires, opposés par principe à tout changement. Finalement, l'opération s'est révélée judicieuse : avec ses méthodes obsolètes, l'entreprise n'aurait pas réussi le virage de la mondialisation dans la fin des années 90.

Boris arrive à l'entrée du salon. Le spectacle est conforme à l'idée qu'on se fait de ce type de scène. Baignés de lumière, les invités à l'âge confirmé sont éparpillés par petites grappes sur le parquet aux motifs recherchés. Les groupes n'excèdent pas quatre ou cinq personnes, et il serait malvenu de tenir autre chose à la main qu'une flûte de champagne rosé. Robes de soirée et smokings enveloppent avantageusement les corps pourtant si laids lorsqu'ils se dénudent en pleine lumière. Derrière les pans de tissu, cellulite, bourrelets et vergetures se font discrets pour laisser se pavaner l'esprit et ses bonnes intentions.

Il cherche Apolline du regard. C'est elle, là-bas près du buffet, dans un petit groupe d'invités qui compte également ses parents. Il se dirige tout droit vers elle, sans prêter attention aux regards étonnés qui le suivent. Peu avant qu'il ne parvienne jusqu'à elle, elle le voit. Un sourire de joie éclaire son visage. Elle se détache du groupe pour s'avancer à sa rencontre. Dans cette courte robe de soie noire qui met en valeur sa chevelure blonde, sa beauté est stupéfiante : dos nu, décolleté généreux, taille fine, volants à mi-cuisse, le couturier s'est surpassé pour confectionner cette œuvre d'art au service d'une autre œuvre d'art. Visiblement ravie de le voir, elle saute presque dans ses bras sans façons, manquant de renverser son verre.

— Mon cœur ! Tu es venu !

— Salut, ma puce.

Peu habitué à de telles démonstrations, il est ému de la voir si heureuse. Elle n'a pas l'air plus surprise que ça de le voir. Pourtant, il n'avait rien dit. D'ailleurs, il avait la ferme intention de ne pas venir.

— Viens ! Mes parents sont là…

Elle le tire par la main et le conduit jusqu'au petit groupe. Son père lui tend la main.

— Bonjour, Boris.

— Bonjour, Pierre.

Le père d'Apolline insiste pour qu'il l'appelle par son prénom.

— Bonjour, Boris.

— Bonjour, Madame.

Madame Roche de Fontaine arbore un large sourire. Boris apprécie de ne lire dans son regard aucune désapprobation sur sa tenue. Les présentations sont faites rapidement avec les quatre autres personnes : un patron de clinique et un autre, d'imprimerie – ça fait bien quatre, à plus de cinquante ans on ne vient jamais seul à un cocktail. Apolline l'emmène jusqu'au buffet.

— Une coupe de champagne, mon cœur ?

— Perrier, s'il te plaît. Tu n'es pas fâchée de ma tenue ?

Elle le regarde, sincèrement surprise.

— Ta tenue ? Qu'est-ce qu'elle a, ta tenue ? Tu es beau comme un cœur !

Ils déambulent tranquillement de groupe en groupe en se tenant par la main, plaisantant de l'allure guindée de la plupart des invités. Boris pense à ses amis en train de s'amuser, ça le fait bouillir intérieurement. Il fait un geste de la main vers les petits groupes.

— Tous des hypocrites ! Ça m'énerve, j'ai l'impression qu'ils ne sont pas authentiques, qu'ils viennent ici pour se montrer.

— Peut-être, répond Apolline, mais ils ont tous payé quatre cents euros par personne pour participer. Je trouve ça plutôt sympa.

— C'est pour quoi faire, cet argent ?

— C'est versé directement à l'association, tu sais, dont je t'ai parlé.

— Je suis sûr que la plupart des sommes collectées servent à payer le cocktail. En fait, ça ne sert pas à grand-chose…

Apolline marche tranquillement, souriant à ceux qui la gratifient d'un regard admiratif.

— Tu sais, pour le cocktail, ce sont mes parents qui invitent. Alors, tout l'argent collecté est directement utilisé pour les enfants. Ceux dont s'occupe l'association, je veux dire…

— C'est quoi, déjà, cette association ?

— Aide à l'enfance défavorisée.

— "Mouais" !

Il a l'air dubitatif, elle le sent. Elle aimerait bien partager avec lui ce que lui apportent ces enfants dont elle s'occupe régulièrement. Elle ne le lui a jamais dit ; après tout elle fait ça pour eux, pas pour frimer. Au début, c'est vrai, elle y allait surtout pour faire plaisir à ses parents. Mais, maintenant, sans vraiment s'expliquer pourquoi, elle aime consacrer du temps à ces mômes, même s'ils sont parfois durs et ingrats.

Les discours sont plutôt réussis : celui du père d'Apolline, concis et plein d'émotion retenue, et celui du président de l'association, plus long, remerciant chaleureusement les participants et décrivant sommairement l'activité de l'association.

Une heure après son arrivée, Boris commence à avoir des fourmis dans les jambes. Il emmène Apolline au buffet pour prendre à nouveau un verre. Un couple attend, lui aussi : elle, à peine la trentaine, jolie brune genre poupée, lui, grand et bel homme, fière allure, la cinquantaine bien portée. Boris n'aime pas du tout la façon dont il dévore Apolline des yeux. Dans un tel contexte, supposé consacré aux œuvres de bienfaisance, ce regard appuyé est déplacé. Même si Apolline ne s'est aperçue de rien, Boris fusille des yeux le type. L'homme a l'air de s'en amuser, un petit sourire se dessine sur ses lèvres.

Les quatre protagonistes attendent devant le buffet de commander leur boisson au jeune serveur maladroit, empêtré dans les verres, les bouteilles, le seau et la pince à glaçons. Entre les deux hommes, la tension née en quelques secondes est maintenant palpable. Surtout que l'homme mûr continue de déshabiller Apolline du regard.

D'habitude, Boris ne s'en formalise pas, il est plutôt content et excité de voir son amie convoitée par les autres. Mais, là, l'homme affiche une telle suffisante certitude que Boris ne peut s'empêcher de faire une réflexion.

— Dites, il est habituel dans ce genre de manifestation de mater les jeunes filles ?

Les deux femmes le regardent, interdites. L'homme sourit toujours, mais son sourire s'est durci. Il regarde Boris de haut en bas.

— Eh bien, jeune homme, vous êtes bien nerveux… Si j'en crois votre tenue, vous n'êtes pas un habitué de ce genre d'événement ? Vous n'avez pas de smoking ?

— J'en suis dispensé.

— Ah bon, et en quel honneur ?

— Parce que les gens qui m'ont invité m'apprécient vraiment.

Profitant de son effet, Boris prend son verre et s'éloigne.

Apolline est amusée, mais elle ne veut pas de scandale ce soir. Elle ne sait quoi penser de ce beau quinquagénaire, elle est à la fois un peu impressionnée et soucieuse de préserver l'image de Boris.

— Excusez-le, il est parfois un peu jaloux – elle sait que ce n'est pas vrai.

— Je vous en prie, Mademoiselle. Je comprends qu'il soit un peu vif : être au bras d'une aussi jolie jeune fille, ce n'est pas une tâche de tout repos.

— Merci. Je suis Apolline Roche de Fontaine.

L'homme lui prend la main et l'effleure des lèvres.

— Enchanté et honoré, Mademoiselle. Laissez-moi vous présenter ma cavalière, Amélie Chambers…

Les deux jeunes femmes se serrent la main en souriant – forcément.

— Quant à moi, tout le monde m'appelle "Monsieur Félix".

— Enchantée.

— Je sais que cela fait un peu vieux jeu, cette façon de se faire appeler par son prénom précédé de "monsieur", mais c'est comme ça depuis tellement longtemps que personne ne comprendrait de qui il s'agit, si on m'appelait autrement.

— Je trouve ça plutôt sympathique.

Amélie Chambers s'est désintéressée de leur conversation, elle leur tourne le dos et discute avec un autre couple.

— Apolline – permettez que je vous appelle Apolline, vous êtes si jeune – je voudrais profiter de cette occasion pour vous dire combien j'admire l'engagement de vos parents dans l'action sociale et humanitaire.

— Je vous remercie.

— J'espère que, le moment venu, vous-même pourrez prendre part à nos efforts.

— "Nos" efforts ?

— Effectivement, je suis moi-même très actif dans le domaine caritatif.

— Vraiment ?

— Je m'investis beaucoup dans les œuvres sociales, notamment en faveur de l'enfance défavorisée.

Apolline trouve son interlocuteur soudainement très sympathique.

— L'enfance défavorisée ?

— Oui, je suis président d'un foyer d'enfants déshérités.

— Eh bien, sincèrement, je trouve ça super !

Monsieur Félix baisse les yeux avec une modestie qui contraste avec la tranquille assurance qu'il affichait jusque-là.

— Vous savez, je fais ça pour aider un peu ces pauvres mômes. Ils n'ont pas été gâtés dans la vie, alors nous avons le devoir de les aider à démarrer. L'égalité des chances, la solidarité entre favorisés et défavorisés me paraissent justifier qu'on y consacre un peu de notre temps et de notre argent.

— Bravo ! Je trouve que les gens comme vous ont quelque chose à part…

— Je ne sais pas… En tout cas, on le fait pour les autres, pas pour soi. Il y a tellement d'égoïsme dans ce monde…

— Vous savez, Boris est quelqu'un de bien aussi !

— Boris ?

Monsieur Félix semble interdit par la soudaineté du changement de sujet.

— Oui, Boris, mon ami.

— Ah oui ! Oui, je n'en doute pas…

— Il est ingénieur, un ingénieur brillant.

— Sûrement, ma chère enfant.

Apolline est agacée devant l'indifférence polie de son interlocuteur. Elle veut absolument convaincre ce Monsieur Félix, un monsieur bien, que Boris, malgré son mouvement d'humeur, est lui aussi un mec bien. Il faut qu'elle trouve un moyen de le persuader.

— Si brillant qu'il est sur le point de mettre au point une invention révolutionnaire.

Monsieur Félix fait visiblement un effort pour l'écouter. Il demande poliment :

— Une invention ? Dans quel domaine ?

— Le football.

— Pardon ?

— Dans le domaine du football.

Monsieur Félix paraît soudainement intéressé.

— Ah bon ? Figurez-vous, Mademoiselle, que je suis moi-même assez actif dans le domaine du foot.

— Tiens, pour une coïncidence ! Et qu'est-ce que vous faites exactement ?

— Euh… En quelque sorte, je suis manager de footballeurs professionnels.

Il semble un peu gêné, mais Apolline n'a pas l'air de se formaliser de cette activité. Il reprend :

— Vous savez, c'est formidable, les joueurs de football sont les idoles des enfants et, grâce à mes contacts, j'organise souvent des rencontres. Elles ont un rôle éducatif très important.

— Eh bien, si vous êtes un connaisseur, je crois

que vous pourrez apprécier l'intelligence de son invention. Elle permet, en fait, de juger électroniquement les hors-jeu. Enfin, je crois…

— Ça alors ! Et ça marche ?

Apolline est fière de voir l'intérêt que suscitent les travaux de Boris.

— Bien sûr que ça marche !

Monsieur Félix reste songeur. Si cette jeune fille dit vrai, il y a là une chose à creuser. Pour garder le contact, il faut faire une petite concession à ce jeune homme insolent.

— Apolline, je vois que votre Boris est un brillant inventeur. Laissez-moi votre numéro, je pourrai peut-être l'aider.

À l'autre bout de la pièce, les parents d'Apolline discutent avec Boris. Ils voient leur fille griffonner quelque chose sur un bout de papier.

— Je n'aime pas beaucoup ce type, dit Boris.

— Monsieur Félix ? demande la mère d'Apolline. C'est un homme délicieux, il est très impliqué dans l'action sociale : il est président d'un foyer pour enfants en difficulté, il est également membre de plusieurs associations caritatives, c'est vraiment quelqu'un de généreux, quelqu'un de bien !

— Oui, Monsieur Félix est un vrai monsieur, reprend Pierre. C'est drôle, tout le monde l'appelle "Monsieur Félix", jusqu'à oublier son vrai nom, Zontiev…

*

*   *

C'est lundi après-midi. Félix Zontiev raccroche le combiné du téléphone. Une demi-heure avec l'Italie, ça va lui coûter cher, mais ce coup de fil peut lui rapporter plusieurs dizaines de milliers d'euros, alors il ne va pas mégoter sur les unités. Il bascule vers l'arrière dans le fauteuil en cuir noir, les mains derrière la nuque. Si tout se passe bien, le milieu offensif brésilien Amorinho va rejoindre le Racing Germain Football Club, dès cet été, et fera la saison prochaine dans son nouveau club. Douze millions d'euros le transfert, à 0,45 % de commissions pour lui, c'est une bonne affaire qui vient conclure plusieurs semaines de travail.

Bien sûr, sur cet argent, il devra prélever de quoi arroser les différents intermédiaires, plus ou moins occultes. Quelques pots-de-vin, aussi, histoire de fluidifier les rouages administratifs de la Fédération Italienne. Mais, bon an mal an, il lui restera, net, environ quarante cinq mille euros qui prendront directement le chemin de l'Île de Man, le paradis fiscal qu'il a choisi.

Et s'il consacrait une partie de cet argent à améliorer le triste quotidien des enfants du foyer “La Bienfaisance” dont il est président ? Il hésite un (court) moment, puis renonce (vite) à cette idée (saugrenue). Après tout, quand il était, lui, pensionnaire de ce foyer pour enfants défavorisés, il avait un quotidien facile, lui ? Qui se préoccupait d'améliorer son quotidien ? Personne !

Il en fait déjà assez pour ces mômes ! Il n'a rien

contre eux, il n'oublie pas qu'il a lui-même été un petit morveux, agité et ingrat. Mais ces gosses ne lui inspirent rien, ni pitié, ni complicité, et surtout pas de la mélancolie. Et puis, décidément, il fait déjà assez pour eux… La preuve, depuis six mois, le foyer vit dans l'attente de la fascinante promesse qu'il leur a faite.

Et pour une promesse, c'est une promesse : la console de jeu Sonintengo ! La toute nouvelle, prototype rarissime Sonintengo, réservée à quelques heureux privilégiés… Jugez plutôt : cent exemplaires pour la France entière dont sept seulement pour la région ouest et pas une de plus, pour les douze prochains mois. Après, on verra, affirme le constructeur. Autant dire, un objet précieux et inaccessible, porteur d'univers et de combats inédits, le fin du fin des mondes virtuels. Depuis six mois, date de l'annonce, le foyer bruisse de ces rêves électroniques, jour et nuit.

Il regarde sa montre. Dix-sept heures trente. C'est aujourd'hui à dix-huit heures que la Fnac livre, en grandes pompes, les consoles aux quelques élus. Lui s'est débrouillé pour en être, notamment en se prévalant de l'excellence de la cause que servirait cet objet. Il exècre l'idée d'aller se mêler à la cohue. De quoi va-t-il avoir l'air, seul quinquagénaire au milieu d'adolescents attardés et hystériques ? Pourtant, il n'y a pas d'échappatoire, il le sait : six mois que les gosses l'attendent et, surtout, six mois qu'il organise savamment le tapage autour de l'événement :

chronique dans le journal distribué aux membres de l'association, article dans le bulletin de liaison municipal, interviews sur des radios locales… bref, tout ce qui peut contribuer à donner de lui l'image d'un généreux bienfaiteur, soucieux de dispenser à ces pauvres gamins un peu de légitime joie de vivre.

Bon ! Quand faut y aller, faut y aller… Il range dans un tiroir le coupe-papier et les quelques trombones qui traînent là, enfile sa veste et sort.

Le trajet dans son coupé 406 blanc ne prend pas plus de vingt minutes. Et c'est heureux car, bien qu'arrivant avec plus d'un quart d'heure d'avance, il ne peut entrer dans le magasin. Les efforts déployés par le constructeur pour médiatiser l'événement ont porté leurs fruits : une foule mêlant curieux et fanatiques se presse aux portes. La pagaille est vertigineuse, la confusion absolue. Pour grappiller quelques centimètres, chacun est prêt à marcher sur les autres. Pour un peu, les têtes deviendraient marchepieds, les corps, estrades et les thorax, tremplins… Sautillant comme un jeune cabri, Monsieur Félix parvient à faire valoir de loin son invitation auprès des videurs qui exhortent les autres à le laisser passer. Il progresse dès lors, peu à peu, poussé par les contractions de cette foule utérine qui accouche finalement de lui au bout d'un bon quart d'heure. La barrière d'entrée passée, il se redresse en soufflant et se recoiffe avec les doigts pour retrouver un peu de la dignité laissée dans la mêlée.

À l'intérieur du magasin, l'excitation contenue

l'emporte sur l'agitation anarchique. Combien de personnes se pressent là ? Plus de deux cents, sûrement. Beaucoup plus qu'à l'église un dimanche matin, songe Monsieur Félix qui s'oblige à y faire une apparition de temps à autre. Dans le combat de titans que se livrent les empires du virtuel, les jeux vidéo l'emportent sur Dieu.

Après s'être fait attendre comme une star qui prépare son entrée sur scène, le patron du magasin, un gringalet à lunettes, tente un discours de présentation. Comme la foule hurlante le somme de céder la place à la vraie vedette, il fait signe à un technicien planqué qui actionne quelques manettes magiques. Un écran géant descend majestueusement devant la salle qui a soudain fait silence.

Les vingt minutes qui suivent sont proprement époustouflantes. Les adeptes ont beau s'être préparés à l'incroyable, ils sont ébahis devant l'éclatante démonstration. La nouvelle console Sonintengo défie l'imagination. « Quelle merveille ! » ne peut s'empêcher de penser Monsieur Félix, lui qui a pourtant toujours refusé de toucher ne serait-ce qu'un Minitel.

Lorsque le gringalet, rasséréné par les longs applaudissements qui suivent la présentation, reprend la parole pour confirmer que, seules, sept consoles seront remises, les cris de colère et de protestation fusent.

Appelés tour à tour, les sept privilégiés montent sur scène pour se voir remettre la précieuse machine à rêver, sous les clameurs envieuses du parterre.

Monsieur Félix, dernier sollicité, fait l'objet d'une ferveur sans égale due à la théâtrale mise en scène réservée à "la toute dernière console". Avec le volumineux carton dans les bras, cible de la convoitise irraisonnée de ce peuple adolescent, dressé sur scène face aux suppliques et incantations de la foule fervente, Monsieur Félix a comme un éblouissement. Ces gens sont fous, ils seraient prêts à tuer père et mère pour se procurer un objet que, lui, détient et il ne ferait rien ? Il laisserait, par manque de courage ou de présence d'esprit, passer cette occasion de faire parler la loi de l'offre et de la demande et – surtout – de réaliser une colossale plus-value ? Aussi vrai qu'il s'appelle Félix Zontiev, il ne sera pas celui qui vendange pareille occasion…

Soumis à l'appât du gain, Monsieur Félix est comme habité d'une motivation surnaturelle. En toute lucidité, avec toute l'autorité hautaine dont il est capable, il lève la main pour faire taire le public qui, peu à peu, cesse son turbulent grondement.

— Mesdames, Messieurs, je vous informe de mon intention de céder la présente console aux enchères et ce, immédiatement.

Une clameur s'élève. Le gringalet, à qui l'air semble manquer, s'avance en agitant les mains.

— Mais enfin, Monsieur, vous ne pouvez pas faire ça…

— Avez-vous le pouvoir de m'en empêcher ?

Monsieur Félix saute de l'estrade sans attendre la réponse et s'avance vers la sortie. Les gens s'écartent devant lui pour se presser immédiatement dans son sillage.

Dix minutes plus tard, on assiste à un spectacle hallucinant sur le trottoir, à quelques dizaines de mètres du magasin. Monsieur Félix, juché sur les quelques marches d'un porche, annonce et juge les enchères… en dollars – allez savoir pourquoi.

*

En ce lundi soir, Félix Zontiev rentre chez lui épuisé mais bienheureux. Il a cédé la console à un dément friqué, au prix ahurissant de deux mille dollars. L'important, ce n'est pas tellement d'avoir gagné, en si peu de temps, plus de deux mille euros. Après tout, il brasse des affaires considérables et cette somme dérisoire ne changera rien à son train de vie. Non, ce qui compte, c'est ce sentiment jouissif de vendre quelque chose près de dix fois sa valeur. Ça, c'est immense et jubilatoire pour lui qui a tant souffert du manque d'argent au début de sa vie.

Un sourire de contentement sur les lèvres, conduisant doucement d'une main, le coude sur la vitre baissée de la voiture, il réfléchit distraitement à la façon d'annoncer la mauvaise nouvelle aux enfants du foyer. Il songe également que, demain matin, il a un rendez-vous téléphonique important avec Santona. Santona est un gros médiateur d'affaires pour la plus lucrative et la moins connue de ses activités, il faudra être en forme.

*

* *

À une heure du matin, la nuit de lundi à mardi est bien entamée, quoi qu'en pensent les noctambules. Boris, fatigué, regarde son ami Euclides qui hoche la tête de satisfaction.

Sur les feuillets qui jonchent la table, la multitude compacte des signes mathématiques, singuliers interprètes de réalités numériques et compliquées, a fini par livrer son verdict : les équations sont exactes. À présent qu'ils ont terminé la modélisation et l'informatisation des calculs, il ne leur reste plus qu'à en regrouper les éléments au sein de modules cohérents.

— On finit ? demande le jeune étudiant brésilien de son accent chantant.

— T'es pas trop crevé ?

— Penses-tu, c'est l'heure à laquelle je commence à danser la samba, normalement…

— Pour moi… ce sont plutôt nos calculs qui commencent à danser la samba devant mes yeux. Mais OK, tu as raison, ça serait bête de s'arrêter si près du but. Comment tu vois les choses ?

— Comme toujours en maths, le plus simple et le plus naturel sera le plus efficace.

— OK ! Alors…

Boris cherche une feuille sur la table, finit par la trouver et consulte leurs notes :

— Ah voilà ! Les séries temporelles qui décrivent la course du ballon sont disponibles dans ce tableau. On peut y piocher ses coordonnées, recueillies sept fois par seconde par le radar.

Il prend quelques notes sur une page de synthèse et reprend :

— Je propose un premier module qui repère les changements de trajectoire du ballon. C'est la partie la plus facile des calculs.

— "Logico" ! Et un second module qui identifie les discontinuités dans les variations de sa vitesse.

— Ouais… Il nous a donné du fil à retordre, celui-là ! Mais, grâce au système d'équations différentielles que tu nous as pondu, on le tient ! Bravo, sans toi je n'y serais jamais arrivé.

— "Meu Prazer" ! Il n'y a plus qu'à comparer les résultats de ces deux premiers modules à l'aide d'un troisième.

— Gagné ! Et lorsque le ballon change à la fois de trajectoire et de vitesse…

— Sans pour autant toucher le sol, je te rappelle…

— Je n'oublie pas, cela nous a singulièrement compliqué le travail… Donc, au moment précis du changement simultané de vitesse et de direction, il y a forcément intervention d'un joueur et donc passe.

— C'est bon, ça. Ça prend forme. Où sont les coordonnées des joueurs relevées par le radar, sept fois par seconde ?

Ils retournent une douzaine de pages avant de tomber sur la bonne, toute maculée de café.

— On l'a pas ratée, celle-là, avec le kawa.

— Tiens, je ne connaissais pas ce mot pour dire “café”.

— C’est d’origine arabe. Bon, qu’est-ce qu’on en fait, des positions des joueurs ?

— On les compare à celle du ballon en cas de passe. Ça sera le module de calcul n° 4, celui qui indique les positions de hors-jeu.

Une heure plus tard, nos deux amis ont bouclé l’architecture du programme principal. Ce travail clôt pratiquement les travaux de Boris. Son dispositif nécessite encore quelques mises au point, puis il pourra aborder la phase de tests. Il remercie chaudement son ami Euclides Dos Santos, brillant mathématicien installé en France depuis deux ans, qui n’a pas hésité à venir lui prêter main forte.

— Je t’en prie, *meu amigo*. J’espère que tu viendras à ma soutenance de thèse.

— Bien sûr, promis, même si je suis sûr de ne rien y comprendre : je ne suis pas un spécialiste de topologie algébrique. Dis, le niveau en maths est vachement bon, à la faculté de Rio !

— Il faut surtout compter sur soi mais ceux qui veulent réussir peuvent y arriver. Quant à ton invention, bonne chance ! J’espère que ça va marcher, j’aurai la fierté d’y avoir contribué.

— Mais ça *va* marcher, c’est sûr !

Boris sort une bouteille de cachaça, de la Veilho Barreio et en sert deux petits verres. Ils trinquent au succès de leur entreprise.

— Santé !

— *Saude* ! Dis-moi, à propos d'invention, tu ne la fais pas breveter pour éviter qu'on te la pique ?

— Si, je pense que je serai obligé d'en passer par là avant de la tester grandeur nature sur les terrains parce que, là, il faudra bien que je mette d'autres gens dans le coup. Mais, pour l'instant, c'est inutile : il n'y a qu'Apolline et toi qui êtes au courant, et j'ai une confiance totale en vous deux pour garder le secret.

Il prend une lampée de cachaça et claque la langue pour en débusquer l'immense finesse, dissimulée derrière la force de l'alcool.

— Heureusement, d'ailleurs, car c'est vraiment le genre d'invention qu'on peut se faire piquer par quelqu'un de malhonnête…

IV

Justine gare la voiture devant l'immeuble miteux de la Cogégom.

— C'est là ? demande Querzec.

— 22, rue Vauban, c'est bien l'adresse, non ?

— Tout juste ! Curieux quand même qu'il n'y ait pas de plaque à l'entrée…

— Si, regarde, le truc sombre qui pend accroché à un clou, ce serait pas une plaque ?

— On vérifiera en passant. Tu peux pas rester là, c'est stationnement interdit – flic est un dur métier, alors Querzec adore en relever les petits avantages.

— Pas grave, Querzec, tu me feras bien sauter ma contravention…

— C'est bien tout ce que tu risques de te faire sauter avec moi, poupée.

— J'adore ton humour ! On y va ?

Ils descendent de la voiture. Arrivés devant la porte d'entrée, ils scrutent la plaque délabrée. À regret, celle-ci confesse une lointaine parenté avec la Cogégom. Ils poussent la porte qui, bien que vitrée, a perdu la transparence de sa prime jeunesse, grimée par les couches successives de crasse comme un visage qui n'aurait jamais été démaquillé. Il n'y a pas d'accueil, on entre directement dans un couloir à la moquette souillée et aux murs crasseux. De chaque côté, s'ouvrent des bureaux bruissant de conversations assourdies. Ils s'avancent dans le couloir et passent la tête par une porte entrebâillée. Dans le bureau, deux hulottes cessent brusquement leurs cancans et regardent les intrus avec une stupeur hébétée – les yeux écarquillés. Devant leur incapacité à proférer un son, Justine prend la parole.

— Bonjour, nous cherchons Maximilien Parsec. Il travaille bien ici ?

Les deux volatiles échangent des regards affolés, ne sachant ni quoi, ni qui, ni comment, ni qu'est-ce… Bon sang, mais que ?

Querzec pousse complètement la porte et investit le nid des deux zombies. Se la jouant police de Los Angeles, il montre sa carte de cantine.

— Commissaire Querzec. Cette jeune fille est flic également. Nous souhaitons poser quelques questions à Maximilien Parsec.

Les deux pies se cherchent du regard. Des flux ininterrompus de points d'interrogation passent de l'une à l'autre. Querzec ne perd pas patience.

— Il travaille bien ici ?

— Au fond du couloir, à droite.

Pas facile à avouer !

— Merci, ajoute Justine.

Comme ils sortent de la pièce, la Mère Courage reprend d'une voix mal assurée :

— Mais, il est sûrement occupé…

Ils ne prêtent guère attention à cette prédiction et parviennent devant une porte fermée, au fond du couloir à droite. Justine frappe, marque un temps d'arrêt et entre, suivie de Querzec. Tout est vieux et miteux dans cette minuscule pièce de six mètres carrés à peine. En guise d'armoires quelques cartons avachis cachent la moquette usée jusqu'à la corde dont l'épaisseur se résume à celle des taches qui la maculent. Derrière son bureau high-teck, Parsec a l'air totalement, absolument désœuvré. Son visage émacié est surplombé d'un crâne glabre qui luit inutilement sous la pâle lumière du plafonnier. Son bureau est vide de dossiers, ses mains inoccupées, ses pensées creuses ou… douteuses. On se demande à quoi il peut bien employer sa journée.

— Bonjour, Parsec.

— Ah. Euh… Commissaire Querzec, c'est bien ça ?

— Tout juste. Flatté que vous me reconnaissiez.

— Plus que votre physique, ce sont vos sujets de conversation qui font qu'on se souvient de vous.

— Sympathique, votre petit nid douillet.

— Fonctionnel, tout au plus.

— Nous avons les mêmes, grince Justine. La seule différence, c'est que les barreaux des fenêtres gênent la lumière pour rentrer.

— Je n'aime pas trop la lumière du jour, Mademoiselle. Mais… nous n'avons pas été présentés, il me semble ?

— Justine est ma coéquipière. Venons-en au fait,

Parsec. Vous êtes toujours suspecté d'avoir participé au meurtre de Christophe Pernin, survenu le quatorze juin dernier.

— Vous n'avez pas laissé tomber cette accusation ridicule ?

— Non seulement nous n'avons pas laissé tomber mais, en plus, nous avons des éléments nouveaux plutôt mauvais pour vous.

— Diable ! Racontez-moi ça !

Parsec n'a pas l'air inquiet du tout.

— L'autre personne agressée vous a reconnu.

— Reconnu ? Comme je n'étais pas là au moment du meurtre, je doute que la méthode utilisée pour cette reconnaissance ait la moindre valeur. Comment a-t-il pu me reconnaître, d'ailleurs ? Nous n'avons jamais été mis en présence.

— Nous lui avons montré un certain nombre de photos, dont la vôtre. Il vous a identifié.

— Ouais. Une photo, c'est ça ?

Parsec réfléchit un moment en silence.

— Je croyais qu'il faisait nuit, au moment de l'agression ?

— C'est exact.

— Comment a-t-il pu voir les assaillants ?

— Les phares de leur voiture étaient allumés, on y voyait comme en plein jour.

— Je doute que les phares d'une voiture éclairent la nuit à ce point.

— Apparemment si, Parsec. On voit que vous n'y connaissez rien en bagnoles.

— J'y connais rien, moi ? Vous rigolez ! Vous pouvez toujours essayer de me coller. Et je peux vous dire que si la rue n'était pas éclairée par ailleurs, même les phares d'un 4 x 4 ne sont pas assez puissants pour qu'on y voie comme en plein jour.

— Calmez-vous, Parsec. Dites-nous plutôt quels sont vos liens avec le club de supporters “Les saccagés”.

— Ah. Nous y voilà ! C'est une chasse aux sorcières, c'est ça ?

— Si vous vous contentiez de répondre à nos questions, Parsec, on irait tous plus vite.

— Vous êtes pressés de partir ? Mon bureau ne vous plaît pas ?

— …

— Bon, bon, vous fâchez pas ! Alors, on en était où ?

— Les Saccagés…

— Ah ouais ! Ben, je suis trésorier-suppléant, c'est à peu près tout…

— Quel est votre rôle exact ? Vous êtes actif, dans le club ?

— Pas vraiment. J'ai adhéré parce que j'aime bien le foot et que j'aime bien le club. Le fait que je sois trésorier, c'est un peu du hasard.

— Expliquez-nous ça, dit Querzec en sortant de sa poche un tortillon de fil tout noué. Les gros yeux de sa coéquipière glissent sur son air détaché – à lui.

— Je suis allé à une réunion au club sans savoir qu'ils devaient désigner le bureau directeur. Au moment de choisir un trésorier et un trésorier-suppléant, on s'est aperçu que nous n'étions que deux à savoir à peu près compter. Le plus vieux est titulaire, le plus jeune suppléant. C'est ma pomme…

— Je vois.

— Ceci dit, je n'ai pour l'instant rien eu à faire, le trésorier s'en dépatouille tout seul.

— Alors, pourquoi avoir trempé dans cette agression ?

— Mais enfin, ce n'est pas sérieux ! Regardez-moi, et dites-moi si vous me croyez capable d'une telle violence…

Tel un Corcovado de stade de foot, il écarte les bras pour montrer toute l'étendue de son innocence. Justine fixe le visage aux lèvres minces et pincées, le début de rictus coincé par les maxillaires serrés, les yeux enfoncés dans leurs orbites et habités d'une lueur froide. L'effet est désastreux. Parsec croit bon d'en rajouter une couche :

— Hein, franchement ?

— Franchement ? Franchement, Parsec, je vous crois capable de tout !

Parsec referme les bras, embarrassé par ces appendices soudainement inutiles.

— Toutes façons, vous m'avez dans le nez…

— Racontez-nous en détail la soirée après le match, demande Querzec en tirant consciencieusement sur un brin du fil. Parsec le regarde avec curiosité.

— Que voulez-vous savoir exactement ?

— Qu'avez-vous fait après le match ?

— Ben, j'avais la rage au ventre, comme tout le monde ! J'ai marché un peu, pour me calmer. Ensuite, je suis rentré.

— À quelle heure ?

— Je vous signale que j'ai déjà dit tout ça.

— Justement, on verra si vous n'inventez pas une version différente à chaque fois.

— Je suis rentré vers onze heures, j'imagine.

— Qu'avez-vous fait ?

— Rien de spécial. Ce qu'on fait tous quand on rentre : un brin de toilette, les dents, le pyjama, pipi et au pieu…

— Vous avez réussi à vous endormir ?

— Immédiatement, comme un bébé. J'ai écrasé jusqu'au matin. Ça, c'est tout moi : une fois au lit, je dors comme une souche jusqu'au réveil.

Querzec tire sur une ultime boucle et arbore un fil totalement rectiligne. Le nœud a déposé les armes.

— J'ai fini. On y va. À moins que tu voies autre chose, Justine ?

— C'est bon pour moi.

— C'est tout ? demande Parsec, interloqué par ce brusque départ.

— C'est tout.

— Mais… alors ?

— On vous tiendra au courant. Au revoir.

Ils sortent en reprenant le couloir. La rumeur de leur présence s'est propagée telle une traînée de poudre – on a de ces expressions… Comme par enchantement, les portes, fermées à leur arrivée, sont à présent largement ouvertes et les cous se tendent pour les voir passer. C'est avec un soulagement réel qu'il sortent et parviennent devant la voiture.

— Tu vois, Querzec, pas de PV !

— Ouvre !

Ils démarrent en silence. Au bout d'un long moment, Justine hasarde un coup d'œil en direction de son passager. Son air cache quelque chose, elle en mettrait sa main à couper. Elle n'y tient plus et demande :

— Alors ?

— Alors quoi ?

— Ben Parsec ! Coriace, hein, pas moyen d'en tirer quoi que ce soit…

— Il y était.

— Comment ça, il y était ? Tu le crois coupable ?

— Il était sur place au moment de l'agression, c'est quasiment sûr.

— Mais… comment tu sais ça ?

— Réfléchis, après tout, tu as eu autant d'éléments que moi pour trouver. Faut bosser un peu pour progresser, si je te mâche toujours tout, tu n'y arriveras jamais seule.

Justine fronce les sourcils. Elle se concentre sur la route. Elle sait qu'il ne bluffe pas, il a vraiment gratté dans ce court entretien de quoi alimenter sa conviction que Parsec est coupable. Quel flic, ce Querzec ! Une bouffée de chaleur lui monte au visage et se diffuse dans sa poitrine, entre ses jambes. Quel flic !

*

* *

Félix Zontiev coupe l'extrémité de son havane avec un instrument bizarre : un coup de gâchette incise précisément le bout du cigare à suçoter et ouvre un cercle parfait pour que passe l'épaisse fumée, si talentueuse pour encrasser les ventilateurs d'artères. Il laisse longuement sonner le téléphone devant lui, le temps que s'émousse la tranquillité de son interlocuteur – quel qu'il soit. Il finit par décrocher d'un air supérieur.

— Oui, j'écoute.

— Salut Zontiev, c'est Santona.

— Bonsoir Santona, ça fait un moment…

— Eh bien me voilà, Zontiev !

— Vous savez que je préférerais que vous m'appeliez Monsieur Félix, comme tout le monde. Mais enfin bref, qu'est-ce qui vous amène ?

— Les affaires, Zontiev, comme toujours. Vous ne croyez pas que je vous appellerais pour le plaisir, non ?

— Toujours le mot aimable, Santona. De quoi s'agit-il cette fois-ci ?

— Une affaire encore plus délicate que d'habitude, vous allez pouvoir démontrer ce dont vous êtes capable.

— Je vous écoute.

— Voilà. Mon client est un industriel allemand.

— Riche, je présume ?

— Bien sûr, très riche. Alors, il vise haut.

— De quelle proie s'agit-il, cette fois-ci ?

— Mon client joue beaucoup au tennis.

— Aïe, je flaire la difficulté…

— Vous n'avez pas tort. Il veut, tout simplement, Martina Hibbins.

— Hibbins ?

Zontiev pousse un sifflement.

— Hé, ça va pas de me siffler dans les oreilles, Zontiev !

— Les oreilles qui sifflent, ça doit pas vous changer beaucoup, Santona. Bon, il faut que je réfléchisse, Hibbins c'est énorme comme commande. Je dois voir si c'est faisable.

— C'est tout vu, Zontiev. Il me faut ce film, démerdez-vous ! Mon client est prêt à y mettre le prix.

— Laissez-moi réfléchir, je vous donne le tarif.

Zontiev évalue les dépenses : une quinzaine de milliers d'euros pour les frais, il faut prévoir de suivre Hibbins dans ses incessants voyages en tournoi. Cinquante mille euros pour Oueldecq, son meilleur spécialiste, plus la même chose en frais techniques. En tout, au bas mot, cent quinze mille euros à débourser.

— Cent soixante mille. Prix d'ami, ça risque d'être coton.

Santona émet un sifflement. Zontiev grince des dents, recule l'écouteur pour se mettre le doigt dans l'oreille et secouer vigoureusement son tympan meurtri. Mais il ne dit rien, pas une plainte, ça ferait trop plaisir à Santona. Heureusement qu'il ne s'en est pas aperçu…

— Ça chatouille bien, hein ? dit Santona. Chacun son tour. Bon, sur ce prix, ma commission est incluse ?

— Quinze pour cent comme d'habitude.

— Alors, c'est OK pour cent cinquante mille ! Mon client n'ira pas au-delà.

Zontiev réfléchit. Ça lui laisse une marge substantielle.

— D'accord ! Vous aurez le film d'ici deux mois, trois maximum…

— Faites vite, Zontiev ! Je vous verse un tiers de la somme en fin de semaine.

Et il raccroche. Félix Zontiev reste songeur. Il est content de cette commande : Martina Hibbins est un joli petit lot. Et puis, c'est une des meilleures joueuses mondiales du tennis féminin. Il comprend que son client soit attiré par ses airs distants et hautains et son petit cul serré dans les minijupes de tennis. Ça va être coton de la surprendre et de la filmer dans sa plus stricte intimité : salle de bains, chambre. Et surtout, en train de faire l'amour. Elle a un petit ami, il l'a lu dans un magazine people. C'est une chance, ça simplifie l'entreprise en multipliant les occasions de filmer les scènes critiques. Ceci dit, entre les tournois ratés où elle lèvera l'ancre avant qu'on ait pu la filmer et les parcours réussis où elle risque de faire abstinence jusqu'à la finale, il ne sera sûrement pas simple de la coincer.

Mais il y parviendra. Oueldecq est un professionnel remarquable et il sait mettre ses connaissances au service de leurs desseins inquisiteurs. Certes, cette commande surpasse en difficulté tout ce qu'ils ont fait jusqu'à présent. Et alors ? Eux aussi, progressent avec le temps…

Zontiev sourit. Elle est loin l'époque où, excédé de la résistance condescendante d'une jeune femme qui se refusait à lui, il eut l'idée de demander à Oueldecq de la filmer en situation scabreuse. Qu'elle était belle, d'ailleurs, quand elle faisait l'amour avec son mec, un marin absent six mois par an… Il se souvient d'avoir réalisé à cette occasion, pour une fois voyeur plutôt qu'acteur, à quel point la femme, pourtant si souvent pudique et distante, peut devenir obscène et sublime à la fois, quand elle aime avec son corps. Cette affaire avait d'ailleurs mal tourné lorsqu'il lui avait pris de diffuser anonymement certains extraits photographiques pour se venger de son mépris. La pauvre femme avait sombré dans l'alcool avant de disparaître sans laisser d'adresse.

Avec cette première expérience, il avait compris le parti commercial qu'il pourrait tirer de cette idée : il n'était pas le seul à fantasmer sur une créature dédaigneuse ou inaccessible. Alors, peu à peu, il avait trouvé des clients riches, avides de franchir les barrières d'indifférence dressées par l'objet de leur obsession. Avec des technologies de pointe habituellement réservées à l'espionnage et en s'appuyant sur le savoir-faire emmagasiné par Oueldecq pendant ses années passées dans les service secrets, il avait créé un produit inédit : le film X personnalisé, commandé par un client richissime et mettant en scène l'objet spécifique de ses fantasmes.

Ses clients sont souvent de riches patrons, rongés par une attirance irrépressible pour une collaboratrice – secrétaire ou opératrice de saisie beaucoup plus jeune – et prêts à tout pour assouvir leur anxieuse curiosité. Une fois seulement, son client a été une cliente, présentatrice-vedette de télé, comme envoûtée par l'une des jeunes techniciennes de production sourde à toutes ses avances.

Il se secoue, il faut qu'il appelle Oueldecq. Il appuie sur une touche préprogrammée. Ça décroche au bout de trois sonneries.

— Allô ?

— Bonjour Oueldecq, c'est Monsieur Félix.

— Salut !

— J'ai une nouvelle commande.

— Ça tombe bien, je suis à sec !

— Oui. Mais, là, c'est un peu spécial. Je vous dis ?

— Pas au téléphone, vous savez que ça me rend nerveux.

— Bon, passez me voir ce soir.

— OK, je passe. Ciao !

Et il raccroche. Zontiev raccroche également et sourit : Oueldecq est toujours sobre au téléphone – un zeste de paranoïa datant de ses activités passées, sûrement. Il fait longuement rouler dans ses doigts le cigare et se décide à l'allumer. Ce sera un petit supplément de plaisir pour le coup de fil qu'il doit donner à présent. Il tire sur le cylindre de tabac et livre à l'air complice de grosses volutes de fumée qui se dissolvent en montant doucement. Il extirpe de son portefeuille une carte griffonnée et laisse ses doigts courir sur le clavier. Au bout de quelques sonneries, une voix douce et jeune répond.

— Allô ?

— Mademoiselle Roche de Fontaine ?

— Oui, c'est Apolline à l'appareil…

— Bonjour Mademoiselle, j'espère que je ne vous dérange pas, c'est Monsieur Félix.

— Ah, bonjour Monsieur Félix ! Je suis contente de vous entendre.

Douce confession pour Monsieur Félix. Il se rengorge.

— Apolline, je vous appelle parce que j'ai réfléchi.

— Oui ?

— Je pense que je peux aider votre ami.

— Mon ami ? Boris ?

— Oui, je peux l'aider à développer son invention.

— Quelle invention ?

Zontiev reste un peu interdit.

— Eh bien, vous savez, son dispositif pour juger automatiquement les hors-jeu…

— Ah oui, son truc, là… D'accord ! Et… et comment pensez-vous pouvoir l'aider ?

— Pour imposer son invention au monde du football et réussir à la diffuser, il lui faudra des appuis.

C'est un milieu très fermé, très rigide, qui accueille avec méfiance toute perspective d'évolution, notamment lorsqu'il s'agit des règles d'arbitrage.

— Et vous pouvez l'aider ?

— Oui, je connais bien ce milieu. Je vous rappelle que je m'occupe de la carrière de plusieurs joueurs professionnels.

— Ah oui, c'est vrai, vous me l'aviez dit... C'est un monde un peu obscur, pour moi. Vu de l'extérieur, on se demande parfois si...

— Excusez-moi, Apolline, je vous interromps. C'est juste pour vous dire que vous pouvez proposer de ma part à vos parents l'organisation d'une rencontre d'un de mes joueurs-vedettes avec les enfants de votre association...

— Ah ! Ça, c'est vraiment sympa.

— Oui, les mômes adorent avoir devant eux, pour de vrai, une star du football. Il faut voir, chère Apolline, leurs petits yeux pleins d'étoiles et de rêves. Ils vivent un véritable conte de fée, ça fait plaisir à voir...

Apolline ne dit rien, elle imagine si bien ces visages juvéniles tendus vers leur idole, les yeux ébahis, bouche bée et le cœur battant, impressionnés d'approcher un sportif de haut niveau. Elle sent son cœur battre plus fort qu'à l'accoutumée et une boule lui nouer la gorge.

— Vous ne dites rien, Apolline ?

Elle ne dit rien parce qu'elle aurait la voix un peu hésitante. Cette fichue sensibilité... Elle tente de se reprendre.

— C'est… c'est une excellente idée ! J'en parlerai à mon père, je suis sûr qu'il sera ravi. Merci pour les enfants. Et à bientôt !

— Euh… excusez-moi, Apolline, et pour l'invention de… de Boris, qu'est-ce qu'on fait ?

— Ah c'est vrai, avec tout ça, j'avais oublié Boris ! Eh bien, je ne sais pas… Je peux essayer de lui en toucher un mot, mais je ne sais pas s'il va être d'accord pour en parler avec vous. C'est un projet plutôt secret, d'ailleurs, ça me revient maintenant… Il m'a dit de n'en parler à personne…

— Eh bien, je vous promets de n'en parler à personne ! Et vous savez qu'avec moi, vous n'avez rien à craindre. Son projet est entre de bonnes mains.

— J'en suis sûre, Monsieur Félix ! Je vous en remercie.

— Excellent. Je vous propose de nous voir afin de préparer le rendez-vous avec Boris.

— Volontiers. Et nous organiserons aussi la rencontre d'une de vos stars de football avec les enfants.

— Bien. Que diriez-vous de demain soir ?

— Pas trop tard, vers cinq heures ?

— OK pour dix-sept heures ! Le Grand Café, place de la Liberté ?

— D'accord ! À demain, Monsieur Félix…

— À demain, Apolline…

Il s'en faut d'une fraction de seconde pour qu'ils raccrochent en même temps, c'est à la fois fou et tellement insignifiant ! Le genre de micro-coïncidences dont la vie est faite, et qui n'intéressent que les spécialistes du futile, les forcenés de la simultanéité, les passionnés d'improbables correspondances entre granulés d'espace-temps, les fondus de concordances abstraites et ésotériques, les "frappadingues" de confusions fortuites et fainéantes, les exaltés de convergences caduques et éphémères, les fanatiques de grégarisme conjoncturel et peut-être même les brouilleurs d'indépendances temporelles… bref que des choses qui ne passionnent presque personne et dont on comprend qu'aucun auteur de polar n'ait trouvé utile ou digne de les faire figurer, même par subtile allusion, dans sa prose.

Zontiev n'est pas de ceux-là, d'ailleurs il n'a rien remarqué. Il est songeur. Cette fille n'a pas l'air très maligne, mais elle a un petit quelque chose qui ajoute à son exceptionnelle beauté. Il se secoue : il ne s'agit pas de faire du sentiment, il s'agit simplement d'utiliser cette fille pour s'approprier l'invention de ce petit con et s'enrichir. Voilà tout !

*

* *

Zontiev gare sa voiture pile devant le Grand Café. Il jubile comme un gamin : tout le monde a vu sa belle auto blanche glisser silencieusement comme un requin le long du trottoir, pour stopper doucement dans le soleil. L'air détaché, il descend et rejoint, à quelques enjambées de là, la terrasse inondée de soleil. Apolline n'est pas encore là, et c'est tant mieux : il se régale d'avance à l'idée de la voir arriver et rejoindre sa table devant tout le monde.

Il s'assied. Il sent sur lui les yeux de quelques femmes, c'est vrai qu'il a fière allure, dans ses fringues décontractées hors de prix – peut-être même voyantes. Il balaie la terrasse d'un regard supérieur. À cette heure avancée de l'après-midi, les tables sont occupées par toutes sortes de gens. À la table de gauche, végète un couple de jeunes qui, déjà, a l'air de s'ennuyer ensemble.

À sa droite, une petite vieille prend un pot avec son chien. C'est un de ces affreux bouledogues qui arborent systématiquement un filet de bave au coin des babines. Comme Mémé, Médor est assis sur une chaise et, comme elle, il boit dans le verre de grenadine penché qu'elle lui tend. Il lape goulûment mais bave tellement en même temps que, lorsqu'il arrête, le niveau du verre n'a pas changé. Zontiev éprouve un sentiment de dégoût lorsqu'il voit la vieille boire à son tour dans le verre – il n'aime pas les personnes âgées.

Magie des contrastes, c'est à cet instant qu'apparaît Apolline. Apparition, c'est bien le terme – c'est moi qui décide. Elle est simplement divine et question effet sur les témoins, les autres apparitions mystiques peuvent aller se rhabiller. Elle porte une petite robe rouge sans grand-chose dessous, directement posée sur le corps. Il faut dire qu'il fait chaud.

Elle ne voit pas Zontiev tout de suite. Elle a l'air un peu perdue, mais ne se départit pas de cette tranquille indolence qui ponctue chacun de ses gestes. Lorsqu'enfin, elle le repère, elle se dirige tranquillement vers lui. Il a l'impression, sans en être vraiment sûr, qu'elle sourit ; avec elle, il n'est jamais facile de savoir ce qu'elle pense vraiment. Zontiev, lui, se repaît de l'émoi provoqué par son invitée. Lui-même est sous le charme ; il regarde ce corps superbe et attirant, ces formes parfaites qui dessinent à la robe des contours de haute couture – et non pas l'inverse, comme l'affirment les couturiers prétentieux. Lorsqu'elle vient s'asseoir à sa table, il se lève, prend la main qu'elle lui tend et la lui effleure des lèvres.

— Bonjour, chère Apolline. Vous êtes ravissante.

— Merci.

Sans plus de cérémonie, elle tire une chaise avant que Zontiev n'ait le temps de le faire et s'assied. Il prend place à son tour, agacé d'avoir manqué de promptitude.

— Que prendrez-vous comme rafraîchissement, chère Apolline ?

Il se maudit d'être obséquieux, mais il est étourdi par tant de beauté. Apolline hésite.

— Je ne sais pas, qu'est-ce que vous prendriez, vous ?

— Vous avez très soif ?

— Ben, pas spécialement, je ne sais pas…

« Que sait-elle ? » se demande Zontiev.

— Un Coca light ?

— Oui, c'est bien !

Zontiev fait signe au serveur et passe la commande

avec une tranquille autorité. Il guette Apolline qui regarde avec attention la vieille et son chien.

— Pas courant, hein, un chien à table ?

— Je les trouve touchants, on dirait un vieux couple.

— Drôle d'attelage, quand même. Une vieille dame qui aime un chien qui aime une vieille dame, c'est courant mais un peu contre nature, non ?

— Qu'est-ce que ça peut faire, du moment que cet amour les empêche d'être seuls ?

— Euh, oui, finalement, c'est ça qui compte, n'est-ce pas ?

Zontiev ne sait comment s'y prendre. Après un moment de silence, il extirpe d'une poche intérieure de sa veste un papier qu'il déplie.

— Apolline, j'ai préparé pour vos parents une liste de quelques noms de footballeurs très connus, avec leurs disponibilités.

— C'est chouette, merci !

— Il faudra me dire comment organiser les rencontres.

— Mon père prendra contact avec vous. Le problème, c'est qu'il n'y connaît rien en foot, alors…

— Cela n'a pas d'importance, tous les noms que je vous ai passés, sont ceux de joueurs connus, y compris – je devrais dire surtout – des enfants.

Apolline reste silencieuse. Elle pense aux enfants, ils lui manquent.

— Et vous-même, Apolline, vous suivez le foot ?

— Euh… non, pas vraiment… Enfin, comme tout

le monde, quoi ! Je suis bien obligée de suivre un minimum, Boris aime ça…

— Il vous oblige à suivre tous les matches à la télé ?

— C'est-à-dire que… on ne regarde pas souvent la télé ensemble, vous savez. Quand nous nous voyons, en général, nous sortons.

— Je vois.

Ce que voit Zontiev et qu'il voulait savoir, c'est s'ils vivent ensemble. Apparemment non.

— C'est un domaine que je connais bien, moi.

— Je me doute, si vous y travaillez…

— Travailler n'est pas vraiment le mot. Comme souvent, c'est un peu le fruit du hasard.

Apolline fixe toujours le couple contre nature. Elle ne dit rien, il ne sait pas si elle l'écoute vraiment.

— Un hasard, pas tout à fait d'ailleurs. C'est plutôt la convergence d'une vocation humanitaire et de rencontres fortuites. Comme vous le savez, chère demoiselle, je suis très impliqué dans l'action sociale.

— Oui, je sais, Monsieur Félix. Je trouve ça formidable.

Elle est sincère.

— Eh bien, ça ne date pas d'hier… Et il se trouve que j'ai commencé, il y a longtemps, en aidant des jeunes issus de milieux défavorisés. Certains d'entre eux avaient un vrai talent de footballeur. Alors, je les ai aidés à utiliser ce talent comme moyen de promotion sociale.

— Et ça marche ?

— Vous pensez ! Vous vous souvenez de Franck Turbam ?

— Euh, non, ça ne me dit rien…

— Le premier de mes poulains. Dix ans en première division. C'est moi qui l'ai lancé alors qu'il était promis à la délinquance, comme tant de ses camarades banlieusards.

— À tout prendre, c'est quand même mieux d'être footballeur !

Zontiev est un peu désarçonné par cette remarque. Pas moyen de savoir si elle plaisante.

— De fil en aiguille, je me suis aperçu du rôle social que peut jouer le football, et j'ai décidé de m'occuper de joueurs professionnels.

— Vous n'avez que des cas sociaux ?

— Euh… c'est-à-dire que non, maintenant je m'occupe de grands joueurs de toutes origines. C'est un beau jeu, vous ne trouvez pas ?

— Ce que j'aime surtout, c'est voir la joie des supporters. Mais j'ai du mal à supporter la violence… Boris, lui-même, a vécu un drame.

— Un drame, comment cela ?

— Un de ses amis a fait une erreur d'arbitrage et s'est fait agresser par des fous furieux.

— Gravement ?

— Il est mort.

— Mon Dieu, c'est affreux ! Mais, par hasard, ça n'était pas il y a un an, lors de la finale de la coupe ?

— Si, on en a beaucoup parlé dans les médias. Une erreur de jugement sur hors-jeu.

— Ah, je vois… Et c'est pour ça que votre ami a décidé de mettre au point son invention ?

— Oui, il a été bouleversé. Il trouve fou qu'on ait marché sur la lune bien avant notre naissance et que rien n'existe aujourd'hui pour aider l'arbitre à juger les hors-jeu.

— Je dois dire qu'il n'a pas tort ! Et ça fonctionne, son invention ?

— Ça a l'air. En tout cas, je vais vous dire une chose, si Boris a décidé que ça marcherait, ça marchera, vous pouvez en être sûr !

Zontiev réfléchit un instant. Elle y croit, c'est normal ! Il se demande si ce gamin est capable de mettre au point une invention aussi révolutionnaire. Lui, en tout cas, n'a aucune idée de la façon dont il faudrait s'y prendre. Il faut impérativement qu'il mette la main sur cette machine. Le potentiel est étourdissant : combien de terrains à équiper, en France et en Europe ? D'ailleurs, pourquoi s'arrêter à l'Europe ? Les plus grands pays du foot sont en Amérique latine : Brésil, Argentine. C'est un marché mondial qui s'offre à lui, s'il sait s'y prendre correctement avec ces deux mômes.

— Apolline, je pense qu'il faut m'organiser un rendez-vous avec… avec Boris – il a du mal à prononcer ce prénom. Son invention ne servira à rien s'il n'arrive pas à la diffuser. Ce serait dommage de perdre une telle fortune !

— Boris s'en fiche, de l'argent ! Elle hausse légèrement les épaules. Ce qu'il veut, c'est une belle et utile invention.

— Bien sûr, bien sûr, mais je pensais à tout le bien qu'il pourrait faire autour de lui, s'il mettait son invention au profit des déshérités…

Zontiev sent qu'il vaut mieux qu'il s'arrête, il a failli se fourvoyer dans cette histoire. Foutue attirance pour le fric !

Apolline est silencieuse. Zontiev fixe opportunément le lointain, il a eu le temps de reprendre son air profond et généreux. Elle le regarde. C'est un sacré bonhomme, toujours à réfléchir à une façon d'aider les autres ! Pas tout jeune, mais bel homme. Et sûr de lui, rassurant. Elle se sent en sécurité, à ses côtés. Elle se demande si Boris lui ressemblera plus tard, à la fois physiquement et moralement. Elle aimerait bien. Elle s'enfonce un peu plus dans sa chaise et promène son regard alentour. Il fait bon sous ce doux soleil, elle goûte ce moment tranquille près de cet homme qui prépare tant de bonnes et belles choses pour les enfants qu'elle chérit.

Zontiev repose les yeux sur Apolline qui sirote nonchalamment son Coca. Dieu qu'elle est attirante !

Il en a, des choses intéressantes, le Boris ! Pourquoi ne lui piquer que son invention ?

V

Boris retire son casque. Il sait qu'il est très laid avec les cheveux gavés de sueur, plaqués sur le crâne, collés entre eux comme des nouilles oubliées sur le gaz. Ça ne l'empêche pas de rire aux éclats… Quelle chevauchée, mes amis ! Il a les muscles des épaules tétanisés par l'effort et c'est en vain qu'il se contorsionne pour se frotter les omoplates endolories par les chocs contre le siège de plastique dur. Son copain Serge, le casque à la main, est encore plus laid avec ses cheveux en brosse agglomérés en carpette. Il est hilare, lui aussi, et crie pour surmonter le bruit des moteurs :

— On s'est sacrément tiré la bourre !

— Ouais, salaud, tu as failli m'envoyer dans le décor !

Ils se donnent une franche accolade et se filent de grandes claques dans le dos. Attention, homo sapiens en démonstration de virilité.

Apolline aime pourtant cette atmosphère où se mêlent les effluves d'essence et les relents de caoutchouc brûlé. Assise au bar du club de karting, elle prend le soleil en regardant s'affronter les petits as du petit volant. De temps en temps, elle s'assied dans un bac de plastique et se mêle aux courses effrénées de Boris et de ses copains, non sans succès : rares sont ceux qui parviennent à la doubler. Boris est toujours épaté par la virtuosité de sa conduite et ne comprend pas qu'avec un pareil sens de la trajectoire, elle préfère en général les regarder depuis le bar plutôt que de prendre part à leurs joutes.

Mais Apolline est comme ça… Elle n'a pas besoin de se mesurer aux autres, elle vit sa vie en vis-à-vis, en spectateur des êtres qui tournoient autour d'elle. Lorsque l'un d'entre eux modifie sa route pour entrer dans son orbite, il arrive qu'elle en subisse l'attraction et devient alors satellite pour s'inventer un nouveau trajet.

Les gars parviennent jusqu'à elle, tout agités. Elle écoute d'une oreille leur babil relatant d'insensées et héroïques manœuvres qui auraient dû, à chaque fois, leur valoir une éclatante victoire.

— Ma chérie, ça va ? Tu ne t'ennuies pas trop ?

Apolline, s'ennuyer ? Elle ne s'ennuie jamais ou alors, c'est qu'elle s'ennuie toujours…

— Non, ça va !

— Tu as vu cette course ? On les a écrasés, les autres, non ?

— Peut-être, je n'ai pas bien fait attention…

— Ah !

Boris est un peu déçu, mais il est habitué : difficile de capter l'intérêt de sa chérie. Pourtant, elle n'est pas obligée de venir à leur course mensuelle de karting. C'est elle qui tient à être de la partie.

— Bon, dit Serge, faut que je file, c'est samedi et ce soir, j'ai le rendez-vous galant de ma vie.

— Encore ? Tu n'as pas cinq minutes pour une bière ?

— Sûrement pas, j'ai à peine le temps de prendre une douche alors, entre la bière et la douche, étant donné mes projets pour ce soir, c'est tout vu !

— Les cinq minutes, trouve-les quand même pour acheter des fleurs ! lance Boris, mais son ami s'est déjà éloigné. Il fait signe au garçon.

— Alex, tu me mets une bière, s'il te plaît ?

Il tire une chaise pour s'asseoir près d'Apolline.

— Sacré Serge ! Ses histoires de cœur, c'est un poème permanent…

— Un poème… personne n'a jamais écrit de poème pour moi, dit Apolline d'un air pensif.

— Ah ?

Boris ne sait pas quoi dire, il est trop absorbé par ses inventions, surtout en ce moment, pour songer à pondre un poème ! Pourtant, il ne trouve pas ça inutile ou ridicule, simplement il a d'autres priorités.

— Je te promets, ma chérie, quand j'aurai terminé mon invention sur les hors-jeu, je t'écrirai un poème.

— D'accord, on verra…

Mais Apolline se dit que c'est le genre de chose qui ne se programme pas. Et puis, c'est dans combien de temps ça : « quand j'aurai terminé mon invention » ? Son poème, c'est maintenant qu'elle aimerait l'avoir !

— D'ailleurs, mon invention, ça avance. On a bouclé la partie informatique avec Euclides, il faut maintenant que je passe aux deux phases suivantes : le test grandeur nature sur le terrain d'une part, et les contacts avec le monde du football pour vendre mon truc, d'autre part. Ça, ça risque d'être coton : je ne connais absolument personne.

— Moi, je connais quelqu'un…

— Ah bon, toi ? Mais qui ça ?

— Monsieur Félix.

— Connais pas.

Il boit une grande lampée de bière. Soif !

— Si, tu le connais. Tu l'as rencontré chez mes parents, lors du cocktail caritatif.

— Je ne vois pas qui…

— Pourtant, tu t'es presque engueulé avec lui.

— Euh… c'est pas ce vieux beau, qui te bouffait des yeux ? Tu l'as revu ?

— Ben oui, après tout il est président du foyer "La Bienfaisance" et il va organiser des trucs pour les enfants avec mes parents.

— Mais, enfin, tout ce qui l'intéresse, c'est de te sauter !

Boris est réellement en colère. Apolline n'aime pas les conflits, elle sent qu'elle n'est pas loin de trembler.

— D'abord, je ne le pense pas, ensuite c'est dommage que tu t'énerves, parce qu'il est pile dans le milieu du football.

— Et alors ? De toute façon, il est hors de question

que je révèle mes projets à cet olibrius. Il ne m'inspire que de la méfiance.

Aïe ! Apolline sent qu'elle a fait une bêtise en parlant à Monsieur Félix, elle a les larmes qui lui montent aux yeux.

— Bon, tant pis !

Elle le regarde boire sa bière. Il n'a pas pensé à lui commander un autre Perrier, elle a encore légèrement soif sous le soleil déclinant. Un long silence s'installe dans le bruit pétaradant des moteurs.

— Dans quoi il travaille, ton vieux beau ?

— Il est manager de footballeurs professionnels. Mais ce n'est pas “mon vieux beau”.

— Voilà. Je le savais ! Ce sont des gens louches, il y a toujours des histoires de caisses noires ou de pots-de-vin.

— En tout cas, lui, a l'air parfaitement clair ! Mes parents le connaissent depuis longtemps, c'est vraiment un type comme il faut. Il y en a forcément, même dans ce métier. Il ne faut pas vivre d'a priori, un scientifique doit savoir ça.

— “Mouais”…

Elle a marqué un point. Boris réfléchit. Ça fait un moment qu'il cherche un moyen d'entrer en contact avec le monde très fermé du foot, et il tourne en rond. C'est une vraie galère. Son invention n'aura aucune chance de connaître le succès financier qu'il espère, si elle reste exposée sur une étagère de son atelier.

— Et tu penses vraiment qu'il pourrait m'aider ?

— Sûrement, c'est quelqu'un qui adore aider les autres.

— Je me demande si mon invention l'intéresserait…

— Il y croit, à ton invention !

Au moment où elle dit ça, Apolline sent qu'elle aurait mieux fait de s'en abstenir.

— Comment ça, il y croit ? Tu ne lui en as pas parlé, j'espère ?

— Je pensais bien faire…

— Bien faire ? Tu pensais bien faire ? Tu m'avais promis de ne pas en parler !

Apolline le regarde, ses yeux sont mouillés. Elle n'a rien à dire, c'est tellement vrai qu'elle pensait bien faire !

— Mais enfin, je ne peux pas te faire confiance ! C'est l'invention de ma vie et toi, tu la livres au premier mec qui te fait du gringue. C'est insensé !

Apolline a détourné les yeux, elle regarde la piste où tournent les bolides, au ras du macadam. Boris voit de grosses larmes couler en silence – les larmes ne sont jamais bruyantes, quel que soit le tumulte des cœurs. Il y est peut-être allé un peu fort… Après un long silence, Apolline dit doucement :

— Je ne comprends pas pourquoi tu es tellement en colère, tu étais presque d'accord pour lui en parler. C'est donc que ce n'est pas une idée si insensée que ça…

Comme elle a l'air malheureuse ! Boris n'a plus envie de se disputer. Elle a peut-être raison. Après tout, elle l'a fait pour lui rendre service, et pourquoi ne ferait-il pas confiance à son jugement ? Et puis, qui résisterait à la beauté de cette fille et de son âme ? Il se penche vers elle, la prend par l'épaule et la force doucement à poser la tête sur son épaule.

— Excuse-moi, ma puce. Je sais que tu ne pensais pas à mal. Finalement, c'est peut-être mieux ainsi ! Je vais le rencontrer, ton Monsieur Félix.

Ils restent ainsi un long moment. Boris se sent bien, serré contre elle. Il perçoit la respiration calme et tranquille d'Apolline et le mouvement lent et régulier de ses épaules. Comme il aime son parfum léger et subtil qu'il distingue à travers sa propre odeur de sueur ! Elle, elle pense à Monsieur Félix. Il va être content de ce rendez-vous. Lui, au moins, n'est pas du genre à s'énerver pour rien ni contre les gens qui tentent de bien faire… Elle se demande comment est son épaule…

*

*　*

Oueldecq aspire à grandes goulées l'air tiède qui lui fouette le visage. En ce début de matinée, le soleil se fait déjà câlin mais le vent jaloux, excité par son flirt poussé avec la nuit, balaie les rayons avant qu'ils ne réchauffent la peau. Oueldecq aime cet été tonique et versatile. Il marche d'un bon pas et se sent bien. À un détail près : il est suivi. Il le flaire, il le ressent. Il a une technique infaillible pour le vérifier : il passe devant un kiosque à journaux, continue une trentaine de mètres, fait brutalement demi-tour et revient vers le kiosque en courant, comme s'il avait un besoin brutal et impérieux d'acheter *Le Figaro Madame*. En général, le suiveur ne peut s'empêcher d'esquisser un mouvement de surprise, voire de recul, avant de continuer sa route, raide et concentré sur l'absolue nécessité de ne pas croiser son regard. Oueldecq achète alors tranquillement son journal, sûr d'avoir repéré l'auteur de la filature.

Comme d'habitude, ça marche. D'autant que le suiveur est une suiveuse, jeune et visiblement inexpérimentée. Lorsqu'il opère sa brusque volte-face, il sent un moment de flottement effrayé chez la jeune "fliquette". Le trottoir est trop peu animé pour qu'elle puisse masquer son désarroi. Il se délecte de voir la pauvrette chercher, en vain, une planque salvatrice où elle pourrait diluer sa présence soudainement anachronique. Faute de mieux, elle décide de continuer de marcher droit devant elle et de prendre un air parfaitement détaché au moment où elle le croise.

Il faut l'admettre, c'est une faillite absolue, de quoi faire honte au syndicat national des flics en civil… Comment croire que cette façon de river les yeux sur un point posé à l'infini, situé à la perpendiculaire de la direction qu'elle suit et du côté opposé à Oueldecq, n'est pas une tentative dérisoire d'apparaître spontanée ? Il n'y a pas d'avenir pour les spontanéités artificielles et circonstanciées…

C'est un vrai régal, pour Oueldecq ! Elle avait

sérieusement songé le surprendre, lui, l'ancien pro de la filature ? Il achète tranquillement un magazine et jette un coup d'œil alentour : elle s'est arrêtée un peu plus loin et regarde une vitrine de lingerie fine. Pour l'attendre. Grossier procédé, décidément ! C'en est attendrissant. Au moment où il passe devant elle, il tape sur son épaule et lui tend le journal.

— C'est pour vous !

Elle ne peut faire autrement que de s'en saisir et reste plantée là, clouée par le sourire goguenard de Oueldecq. Celui-ci repart d'un pas alerte, satisfait de la façon dont il s'est débarrassé de cette importune sangsue.

Justine le regarde s'éloigner. Elle sourit : « J'espère que je n'en ai pas fait trop. » Elle a tout fait pour se faire repérer. D'ailleurs, elle a été surprise pour de vrai : elle n'a pas eu besoin de se forcer pour avoir l'air godiche quand il a foncé sur elle après son demi-tour. Elle jette un œil distrait sur le magazine qu'il lui a remis : *J'élève mes poulets - Le magazine professionnel de l'éleveur en batterie*. Comme c'est drôle !

Un peu plus loin, Querzec est une ombre invisible. Il hante le sillage de Oueldecq, plus discret que le fantôme d'un spectre, disparaissant et réapparaissant sous des formes changeantes. Car Querzec a une technique hors du commun pour mener une filature : d'abord, lorsqu'il a affaire à une cible difficile, il utilise un leurre, visible comme le nez de Cyrano au milieu de la figure de Sharon Stone nourrisson. De ce point de vue, Justine est une partenaire remarquable pour cristalliser l'attention de l'objectif. Celui-ci ne tarde jamais à se persuader qu'il a repéré et semé son inopportun garde du corps – l'idée du leurre est venue à Querzec à la suite de plusieurs fiascos où elle tentait réellement de passer inaperçue. Ensuite, il a sur lui un petit sac contenant divers accessoires vestimentaires qu'il met ou retire au gré de ses haltes. Casquette, paires de lunettes claires ou noires, à armature métallique ou en écaille, foulard, imper, tout un arsenal qui fait de lui un mutant de l'apparence, un inventeur de physionomies. Il a même, dans son sac, un autre sac de couleur différente et glisse le premier dans le second à l'occasion. Comme, en plus, il modifie son allure générale, voûté et les épaules tombantes parfois, le torse bombé à d'autres moments, le pas traînant ou vif, il est proprement impossible de le reconnaître d'une minute à l'autre.

Même avec un pro comme Oueldecq, la méthode est infaillible. Lorsque celui-ci entre dans le café-tabac du 12, rue de la Porte, il ne se doute pas que Querzec est posté un peu plus loin et attend. Quelques minutes plus tard, c'est Parsec qui entre à son tour.

« Tiens, tiens, ces deux lascars se connaissent ! » Impossible que ce soit une coïncidence… Ça n'était pas prévu au programme… Il se demande comment exploiter la situation au mieux et ne trouve rien d'autre que de continuer à attendre. Il ne peut courir le risque d'être reconnu en les approchant de plus près. Malheureusement, ils ne se sont pas installés près de la devanture, ce qui lui aurait permis de les surveiller. Il sort son téléphone mobile.

— Justine, tu m'envoies Montfort d'urgence au troquet du 12, rue de la Porte. Tu lui dis d'entrer et de se démerder pour s'asseoir près de la table de Oueldecq et Parsec… Oui, il est là aussi. Qu'il ouvre grand ses oreilles et qu'il gratte tout ce qu'il peut !

Dix minutes plus tard, Montfort est au bar-tabac de la rue de la Porte. Il fait discrètement signe à Querzec qui lève le siège. Au comptoir, il achète une dizaine de grilles de Tac O Tac : un type assis à une table est moins suspect s'il est occupé à taquiner la chance que s'il ne fait rien. Et puis, Querzec a bien dit qu'il devait gratter tout ce qu'il pouvait.

Il trouve une table derrière celle des deux hommes. Ils ont jeté un œil méfiant sur lui mais ne prêtent ensuite guère plus attention à lui. Il faut dire que Montfort a une vraie dégaine de voyou, impossible de le croire flic. Ou alors peut-être, mais bon…

Il se concentre sur les damiers de hasard qui, sous son ongle gratteur, révèlent peu à peu son infortune. Pas de pot ! Enfin, pas si sûr : d'où il est, même si les deux hommes parlent doucement, il perçoit quelques bribes de leurs sombres murmures.

*

Une demi-heure plus tard, Oueldecq sort du café, suivi de Parsec quelque minutes après. Quand Montfort apparaît enfin, un observateur curieux qui aurait vu sortir successivement ces trois tronches pourrait légitimement croire à un congrès de tueurs.

*

* *

Au milieu de la classe déchaînée, mademoiselle Gershmeer est comme folle. Elle a réussi à convaincre Kevin de lâcher les cheveux de Jessica, mais celle-ci profite d'avoir recouvré sa liberté de mouvement pour asséner à son tortionnaire un coup de talon entre les jambes, là où ça fait pleurer même les héros. Et Kevin n'est pas un héros, c'est dire le hurlement qu'il pousse. Pourtant, dans le chahut général, le cri se perd et échoue à faire partager son désarroi testiculaire aux mômes qui braillent et gesticulent. Ces moments de confusion, fréquents, sont le régal de Romuald. Il guette les mouvements affolés du regard de mademoiselle Gershmeer. Dès qu'il sent qu'il sort de son champ de vision, il commet une crasse envers ses petits camarades. Romuald est sûrement l'un des plus malins d'entre eux. Malin, sournois et méchant. Il contribue plus qu'à son tour au climat délétère de la classe, sans jamais se faire pincer. Spécialiste de l'angélisme par contumace, il ne perpètre ses horreurs que loin du tribunal des yeux de la maîtresse. Il n'y va pas avec le dos de la cuillère mais plutôt avec les dents de la fourchette, lorsqu'il en trouve une. Là, en l'occurrence, il a repéré le dictionnaire de la classe, posé sur le bureau de son voisin. Il se penche et, vif comme l'éclair, l'attrape puis le laisse tomber sur les doigts de Jonathan. C'est sûrement moins douloureux qu'un coup de talon mal placé car Jonathan beugle sensiblement moins fort que Kevin juste avant. Mais ça ne contribue pas au retour du calme.

Mademoiselle Gershmeer est, une fois de plus, dépassée par les événements. Elle est trop vieille maintenant, à cinquante deux ans, pour dispenser dans de bonnes conditions des cours d'histoire-géo. Ces mômes auront sa peau ! Ils ont comme un sixième sens : à chaque fois qu'après la classe, elle embraye directement sur une leçon de conduite, elle est tellement nerveuse qu'ils le sentent et se déchaînent. Il faut dire que la perspective de prendre sa leçon de conduite la remplit d'angoisse. Mais pas autant que ses moniteurs : elle en a déjà usé quatre, et on ne serait pas surpris que ce soit eux qui soudoient les jeunes ados du foyer La Bienfaisance pour lui faire la peau.

En plus, c'est la fin de l'année scolaire. La période que redoutent le plus les profs des classes difficiles. On ne sait plus comment justifier la présence des enfants en classe, alors que le programme déjà massacré finit de s'effilocher dans l'été naissant, que le soleil nargue l'ombre compassée des salles de cours et que la nature gonfle les veines des ces petits animaux peu doués pour apprendre. La Bienfaisance organise alors des sorties, rencontres et autres activités connexes, chaudement recommandées par les chantres de la pédagogie anti-cancres. Aujourd'hui, mademoiselle Gershmeer attend avec impatience Monsieur Félix et son invitée. Lui, saura calmer tout ce petit monde avec ses projets de rencontres.

Monsieur Félix, lui, n'est pas enthousiaste à l'idée de pénétrer dans la cage aux fauves. Il sait que sa tranquille autorité est parfois insuffisante : il a toujours du mal à contenir l'exubérante vitalité de ses ouailles. Pourtant, il faudra bien qu'il y parvienne : il faut absolument, en cet endroit qui glorifie sa générosité, qu'il brille auprès d'Apolline.

Il arrive le premier au foyer. Il hésite : doit-il attendre Apolline pour pénétrer dans la salle de classe ou y aller tout de suite, pour être sûr de contrôler les enfants en l'attendant ? Il opte pour cette seconde solution. De toutes façons, elle ne devrait pas tarder.

Au moment où il se présente devant la salle de classe, escorté par la directrice Mère Cœurdepoule, il perçoit l'insensé chahut qui agite la juvénile assemblée. Il regarde Mère Cœurdepoule d'un air mi-interrogatif, mi-accusateur. Ça ne fait ni chaud ni froid à la petite râblée qui pousse la porte brutalement. Elle entre toujours avec brusquerie dans les salles de classe.

Ce qui est saisissant dans l'histoire, c'est la rapidité avec laquelle Romuald enregistre l'arrivée des deux autorités supérieures. Bien avant les autres, il lâche le stylo-plume qu'il a commencé à vider sur la cuisse de Jonathan et s'assied dans une attitude de sagesse diligente et anachronique. Mademoiselle

Gershmeer, elle, ne les a pas entendus entrer et continue à s'agiter comme une furie au milieu des travées : elle veut absolument arracher des mains de Jessica la trousse qu'elle a piquée à Kevin pour lui faire subir les pires avanies. Oui mais Jessica, elle, a vu entrer les nouveaux arrivants, alors, bien sûr, elle lâche prise d'un coup. Net. Comme ça.

Mademoiselle Gershmeer n'a aucune notion de physique newtonienne élémentaire, c'est sûrement pour ça que la disparition soudaine de la force qui s'opposait à sa propre traction la projette brutalement au sol. On a tort de négliger les cours de physique à l'école et de jouer avec le feu, après. Faut savoir…

C'est dans un silence pesant qu'on entend tomber par terre les fesses massives de mademoiselle Gershmeer. Le reste du corps reste pourtant droit comme un "i" et, vue de l'estrade, elle pourrait passer pour une femme-tronc déambulant dans les allées.

Bien sûr, elle a ponctué sa chute d'un tonitruant : « Bordel de Dieu ! » Et, pour faire bonne mesure, elle se relève, ivre de rage, en balançant un : « Mille millions de pompes à merde ! » de folie. C'est sur le « …de » de « merde » que le silence lui met la puce à l'oreille et qu'elle fait volte-face. Ils sont là, debout, silencieux, qui la regardent. Elle porte la main à la bouche et dit : « Nom de… ». « Dieu » lui reste en travers de la gorge mais franchement, il y a de quoi, non ?

Sur la scène, Monsieur Félix la fixe d'un air éberlué. Heureusement qu'Apolline n'a pas assisté à ça !

Cœurdepoule, elle, attend que le moment se fatigue. Les moments finissent toujours par se fatiguer, elle le sait. Elle en a vu d'autres, et de plus retors, finir par se fatiguer plus vite qu'à leur tour. Une tranquillité précaire et inquiétante règne, comme une rémission dont on ne peut profiter, tant on craint la rechute.

Dans le silence, les odeurs reprennent du poil de la bête. On peut le dire au sens propre avec ces préados qui cristallisent leur rejet de la société sur le savon, symbole ultime de l'embourgeoisement. Cette classe, se dit Monsieur Félix, n'a pas une bonne odeur d'école. Elle a une odeur de stress, de méchanceté précoce, une odeur de peine perdue.

Le calme est de courte durée. Les déboires de mademoiselle Gershmeer déclenchent les quolibets, et la feinte assurance de Monsieur Félix n'est d'aucune aide. Comme il regarde le visage dur et sans grâce de Cœurdepoule, sollicitant son aide sans avoir l'air d'y toucher, celle-ci émet un laconique : « Bon, je vous laisse… » et plante là tout son petit monde.

Le quart d'heure qui suit est difficile pour les représentants du genre adulte. Ils ne font pas le poids, même si l'on compte les fesses de mademoiselle Gershmeer. Même. Monsieur Félix a lâchement laissé la main à la vieille fille. Celle-ci s'emploie à ne plus le présenter – n'est-ce pas ? – et à exposer le but de sa visite : annoncer la venue de José Turbam et de Tony Calabro, deux vedettes du ballon rond connues surtout de leurs proches. Les mômes ont vraiment l'air de s'en foutre. La dissipation est totale, et Monsieur Félix songe avec angoisse à la confrontation de ce petit peuple avec Apolline. Elle va se faire dévorer.

Neuf cents secondes, toutes plus difficiles les unes que les autres, se sont écoulées, lorsque la porte de la classe s'ouvre doucement. C'est pourtant Cœurdepoule qui entre. Elle est belle.

Une chose indéfinissable s'est passée. Son visage est comme transformé, c'est un subtil mélange de Blanche-Neige, de Cendrillon et de Merlin l'Enchanteur – pour ceux qui connaissent.

La classe, déjà interloquée par l'entrée toute en douceur de Cœurdepoule, sent que quelque chose se passe. Le silence s'est à nouveau fait, mais c'est un silence curieux et attentif.

Lorsqu'Apolline entre, sollicitée par un petit signe de Cœurdepoule, c'est comme si un paquet d'eau de mer iodée venait fouetter le visage des enfants. Elle fait quelques pas dans la salle, s'arrête et parcourt lentement les rangs de son regard doux et profond.

— Bonjour…

La voix d'Apolline est comme sa peau, ses yeux, sa longue chevelure blonde : douce, envoûtante, tellement fraternelle. La classe, d'habitude si disparate, répond à l'unisson : « Bonjour », timidement. Apolline s'avance lentement et se promène entre les tables, caressant des cheveux, effleurant des joues, frôlant des épaules, dans un silence presque religieux. Puis elle retourne sur l'estrade et reste là, debout simplement, si belle, si présente, si forte. Avec sa petite jupe bleue à volants légers et son chemisier blanc, on dirait une gravure de mode façon évangile de banlieue. Ses yeux bleu lagon ont lavé d'un coup ce que cette pièce avait de petit et de sordide. Ne restent que de grandes âmes, bonnes et généreuses. C'est inexplicable, et Monsieur Félix est un enfant parmi les autres, émerveillé, bouleversé, effrayé. Elle s'assied alors sur le bureau de mademoiselle Gershmeer et parle aux enfants. Ou plutôt, parle *avec* les enfants. Sans aucune intervention des deux autres adultes, pendant plus d'une heure, elle se fait immensément curieuse de ces vies mal engagées et, de quelques mots simples et nobles, leur redonne espoir et perspective.

Plus encore que pour les autres, ce jour s'avérera comme un tournant dans la trajectoire de Romuald. Transformé par ce contact pourtant bref avec Apolline, durablement touché par la grâce d'une passion immatérielle pour cette fille inaccessible, il décidera à compter de ce moment de consacrer ses facultés cérébrales à la construction d'un avenir fait de loyauté et de saines ambitions.

Plus tard, lorsqu'il repensera à ce moment, Monsieur Félix ne se souviendra pas des mots prononcés, mais il restera marqué par cette communion entre ces enfants et cette jeune fille que tout aurait dû opposer.

« Comme elle et moi » se dira-t-il.

*

* *

Le brin de corde coulisse doucement contre la peau pâle et fragile. Conséquence immédiate, le nœud coulant se referme doucement et inéluctablement autour du cylindre d'épiderme. Un tremblement imperceptible agite ce cuir délicat : est-il encore temps pour lui d'échapper à l'horrible strangulation qui lui semble promise ?

Ce serait sans compter sur la diabolique habileté de Querzec : au moment où la boucle va se resserrer sur son doigt, il tire d'un coup sec et le nœud disparaît comme par enchantement. Une fois de plus, il a eu raison des desseins sournois de sa pelote de fil.

Il était temps qu'il recouvre l'usage de ses dix doigts : le téléphone sonne. Un appel intérieur. Il sourit et pose sur son bureau le fil domestiqué.

— Querzec, j'écoute…

— Arrête ton cinéma, Querzec, c'est moi, Justine. Montfort est rentré. On peut rappliquer ?

— Viens, ma belle, je vous attends. Pas de halte en route, hein ?

— Hilarant ! On arrive.

Deux minutes plus tard, Justine et Montfort font intrusion dans le bureau. C'est peut-être une idée, mais Querzec a l'impression qu'elle a le rouge au front. Montfort, lui, arbore comme toujours un air rébarbatif. Il s'empare de la seule chaise vacante devant le bureau sans songer, un instant, à la proposer à la jeune fille. Celle-ci jette un œil alentour et décide de s'asseoir sur un coin du bureau. Querzec les regarde s'installer.

— Alors, Montfort, qu'est-ce que tu as pu gratter ?

— Que dalle, mon vieux !

— Comment ça, que dalle ?

— Ouais, dix grilles de Tac O Tac, pas une seule gagnante. J'ai pourtant gratté comme un malade, fais-moi confiance.

— Oui mais bon ! Gratté dans la conversation des deux suspects, ahuri…

— Ah ouais, les deux mecs…

Montfort adore faire mariner Querzec. Il regrette que son aventure avec Justine ait tourné court et soupçonne son collègue d'y être pour quelque chose, d'une façon ou d'une autre.

— J'ai bien capté quelques trucs intéressants, mais je me demande si j'ai tout bien compris. C'est un peu bizarre…

— Accouche, Montfort ! lâche Justine.

— Bon, bon. D'abord, j'ai cru comprendre que les deux lascars avaient un peu les flics au cul.

Il fait une pause et regarde lourdement Justine.

— Et avoir un flic au cul, ça ne déplaît pas à tout le monde, hein ?

— Épargnez-moi vos minauderies, vous deux, dit Querzec. Viens-en au fait, Montfort !

— En tout cas, ça a l'air de les tracasser pas mal. Ils avaient l'air de se reprocher l'un l'autre d'en avoir trop dit ou de manquer de prudence.

— Bon. Autre chose ?

Justine s'impatiente.

— Tout doux, ma belle. Ouais, y'a encore quelques

petits trucs. D'abord, ils ont prononcé plusieurs fois le nom de Zontiev.

— Tiens, tiens, le revoilà celui-là, dit Querzec d'un air pensif.

— Zontiev, la grosse légume qui a une couverture en béton ? demande Justine.

— Oui, celle-là même. Dans quel contexte ils ont parlé de Zontiev, Montfort ?

— Malheureusement, j'ai pas pu bien capter ça. Mais il y a autre chose qui devrait vous emballer.

— Raconte toujours.

— Eh bien, je suis sûr qu'ils sont ensemble.

— Qui ça ?

— Ben, Oueldecq et Parsec !

— Comment ça, ensemble ? demande Justine de son air naïf.

— Ben, comme un couple, quoi.

— Tu veux dire… ils sont ?

— Gays, oui, reprend Querzec afin d'éviter un commentaire grossier de Montfort.

— Homosexuels, quoi, continue Montfort. Et toi, Justine, tu es quoi, hétérosexuelle ?

— "Hystérosexuelle" plutôt, gros malin.

— Ha, ha, excellent !

Montfort est franchement réjoui.

— Notre Justine est "hystérosexuelle", c'est pas formidable, ça ?

Justine n'est pas mécontente de son bon mot, comme en témoigne le sourire modeste qui marque sa bouche. Querzec attend, la patience à fleur de peau.

— Désolé de mettre un terme à vos confidences, mais je voudrais qu'on avance. Montfort, tu es sûr de ce que tu avances ?

— Écoute, je sais ce que je dis. Il y a des regards et des gestes qui ne trompent pas. Ils sont ensemble, c'est comme ça, je sais pas si ça fout la merde dans votre enquête, mais il faut en prendre son parti.

— Ça fout pas la merde, Montfort, peut-être même que c'est le contraire, dit Querzec d'un air pensif.

Il reprend le morceau de fil posé devant lui et le tripote sans façons. Justine sait qu'entre ces deux oreilles, ça cogite. Elle aime voir un flic en action, ça l'émoustille au plus haut point. Quel dommage que Querzec ne veuille pas d'elle ! Tant pis pour lui, dans l'état dans lequel elle est, elle se contenterait de n'importe quel flic. Elle pose les yeux sur le jean de Montfort, à un endroit très précis.

*

Organiser un rendez-vous entre Boris et Monsieur Félix n'aura pas été de tout repos pour Apolline. Quoiqu'ils affirment tous deux souhaiter cette rencontre, ils lui ont donné l'impression de passer leur temps à trouver des prétextes pour s'éviter. Le lieu des joyeuses retrouvailles, par exemple, fut l'objet d'incessantes palabres. Il fallait un site neutre et suffisamment confidentiel. Apolline ne comprenait pas pourquoi tout cela était si compliqué, alors qu'il s'agissait simplement de se rencontrer pour bâtir de bons projets d'avenir, entre gentlemen. Finalement, il a été convenu qu'ils se retrouvent à dix-huit heures au "Raz de Marée", un bar chic à la réputation un peu sulfureuse dans lequel Boris n'est jamais allé. Certains soirs, l'accès du bar est interdit au public et on prétend qu'il est réservé aux invités de soirées très privées.

Lorsque Boris arrive dans la place, pile à l'heure convenue, il se dit que c'est vraiment un endroit de vieux. Un endroit pour les vieux fatigués de plaire ; sûrement aussi pour les vieux fatigués de ne plus plaire – ou alors seulement à celles qui ne leur plaisent plus. Ça, c'est la vraie mesure du déclin, se dit-il : c'est quand on doit se résoudre à séduire ce par quoi on n'est plus séduit.

L'endroit est franchement luxueux : lumière rouge discrète, tapis opulents cachant un parquet aux motifs recherchés, fauteuils de cuir profonds et enveloppants, murs habillés de bois précieux, vitrines encombrées de flacons de cristal au contenu mystérieux et subliminal, tableaux et tapisseries chargés d'histoire, jolies filles, lampes sur pied aux abat-jour satinés, plafonds riches de moulures et de dorures, bref, tous les attributs du chic parvenu et donc légèrement ostentatoire.

Bien sûr, il est le premier. Cette foutue manie d'être toujours à l'heure, de se rendre malade pour une minute de retard alors même qu'il sait que de longs paquets de soixantaines de secondes s'écouleront avant que les autres n'arrivent. Il ne s'attendait pas à ce qu'Apolline soit à l'heure, non. Apo vit dans un monde où les unités de temps voient leur valeur varier au gré des contextes : rencontres qui durent, embouteillages, flemme ou cheveux mouillés justifient à ses yeux l'élasticité des échelles temporelles – on n'a d'ailleurs jamais démontré qu'Einstein n'avait pas découvert la théorie de la relativité restreinte grâce à une histoire de cheveux mouillés. Au début, ça exaspérait Boris mais, avec le temps, il a fini par s'y faire. En fait, pas vraiment, il est toujours terriblement énervé par ses continuels retards ; tant qu'elle n'arrive pas, il fulmine, jure de sévir, fomente de sévères et définitives représailles. Et puis, il suffit qu'elle apparaisse, pétrie d'innocente tranquillité, pour qu'il oublie les tourments qu'il se promettait de lui infliger.

C'est donc avec un brin de supériorité qu'il constate que ce Monsieur Félix, tout superbe qu'il soit, n'est pas là à l'heure. On a beau dire, son intuition ne l'a pas trompé : ce personnage glauque ne peut pas arriver à l'heure. Des yeux, il parcourt les tables dans un sens puis dans l'autre, et recommence dans l'autre sens. Il est un peu hésitant. Où s'asseoir ? Ils seront trois, ils vont traiter de sujets confidentiels, il faut donc impérativement qu'ils évitent les voisins immédiats. Il est debout, bras ballants et air ballot, lorsqu'un garçon s'approche discrètement de lui et demande :

— Monsieur Bogard ?

Boris reste interdit. Quoi, on le connaît, on l'interpelle ?

— Oui, Boris Bogard, c'est moi.

Il est engoncé dans sa réponse, ça n'est pas lui, ce genre de dialogue à la James Bond.

— Si vous voulez bien me suivre, s'il vous plaît.

Le garçon est parfait, il a tout dit à voix basse en fixant les motifs travaillés du tapis et, maintenant, il tourne les talons sans un bruit et file bon train entre les tables. Boris le suit, médusé, en pressant le pas. La porte hissant haut le pavillon « Privé » ne ralentit pas l'élan du garçon qui pousse le battant sans cérémonie. Ils s'engouffrent dans un long couloir. De chaque côté, des portes aux enseignes évocatrices : « Vasco de Gama », « Marco Polo », « Christophe Colomb », « Neil Armstrong », « Bram Stocker », autant de héros qui ont conduit l'humanité à découvrir des territoires insoupçonnés.

Le garçon s'arrête devant la porte « Magellan », en pousse doucement le battant et s'efface.

— Je vous en prie, monsieur Bogard…

Bon ! Eh bien, il faut bien rentrer, malgré toutes ces simagrées…

Le salon est petit, à peine vingt-cinq mètres carrés. C'est nettement plus luxueux que le bar. Un bouquet de fleurs géant est posé sur une immense table basse encerclée de fauteuils et de divans au cuir si épais qu'on se demande si la vache n'est pas encore planquée dessous. Dans un coin de la pièce, un homme, de dos, parle dans son téléphone mobile. Il est grand, cheveux grisonnants, plutôt athlétique dans son costume beige très chic. Lorsqu'il entend entrer, il se retourne et clôt immédiatement sa conversation. Boris est frappé de plein fouet par le regard d'aigle. Mais l'œil acéré prend immédiatement un tour bienveillant, et Boris n'est pas loin de se laisser surprendre par ce qui ressemble à de la véritable humanité. « Gaffe, il est fort, le salaud ! »

Monsieur Félix s'avance vers lui en souriant, la main tendue.

— Bonjour, Boris. Ravi de vous revoir !

À contrecœur, Boris serre la main qu'on lui tend. Il ne répond rien, mais cela n'a pas l'air de chagriner Monsieur Félix. Il montre les fauteuils en souriant.

— Installez-vous, je vous en prie.

Boris s'assied. Oh ! C'est encore plus profond que cela en a l'air et Boris a le menton à peu près au niveau des genoux ! C'est très inconfortable, et disgracieux plus encore. Il remonte tant bien que mal et pose les fesses sur le bord du siège, plus ferme. Il est tout raide et se sent à peine mieux. Monsieur Félix, lui, a trouvé un gîte plus accueillant en se posant sur un divan. Il est parfaitement à l'aise.

— Alors, cher Boris, mademoiselle Roche de Fontaine ne cesse de chanter vos louanges. Il paraît que vous êtes un ingénieur hors-pair.

— Je ne sais pas… En tout cas, j'aime ça…

— Ça vous a pris il y a longtemps, de bricoler ?

Boris sourit malgré lui.

— Bricoler n'est pas vraiment le terme.

— Oh, je suis désolé ! Pardonnez mon ignorance,

je suis complètement inculte pour tout ce qui est technique. Figurez-vous que je n'ai jamais réussi à faire marcher correctement un Minitel.

— Je vois. En ce qui me concerne, j'ai commencé mes premières soudures vers l'âge de 12 ans. Depuis, j'ai mis au point des tas de trucs, dont certains fonctionnent correctement.

— Eh bien, j'ai beaucoup d'admiration pour ceux qui se forgent une compétence en autodidacte.

— "Autodidacte" n'est pas vraiment le terme. J'ai fait une grande école d'ingénieur, ça renforce passablement les connaissances.

— Oh, pardon, décidément je n'arrête pas de gaffer !

Boris est sur ses gardes, il se demande si l'autre n'essaie pas de l'énerver. Un silence gênant s'installe, vite interrompu par Monsieur Félix.

— Mademoiselle Roche de Fontaine nous rejoint comme prévu ?

— Oui, elle va sûrement finir par arriver…

— Eh bien, je vous propose de commencer à parler de vos projets sans l'attendre.

— Si vous voulez.

— Si vous me parliez de votre fameuse invention ?

Boris reste muet. Il hésite : bien qu'il en ait accepté le principe, il est toujours inquiet à l'idée de dévoiler ses batteries devant ce personnage qui ne lui inspire que de la méfiance. Il a longuement réfléchi à cet instant précis de leur conversation et a pris une décision. Ce n'est pas facile à dire mais il s'est promis de ne pas flancher. Il prend son courage à deux mains.

— C'est-à-dire que cette invention est intéressante et je serais plus rassuré si on trouvait un moyen de la protéger. Ce n'est pas que je n'aie pas confiance en vous, mais, vous voyez, dans ce genre de domaine, il y a des pratiques courantes qui permettent d'évoquer explicitement, et donc de protéger un brevet avant qu'il ne soit déposé.

Le visage de Monsieur Félix s'est brutalement durci.

— Je vois, la confiance règne ! Bien, que proposez-vous ?

— Un simple engagement de votre part de ne pas utiliser directement ou indirectement ce que je vais vous révéler maintenant. Si vous êtes d'accord, j'ai préparé un texte très court sur papier libre, ça suffit pour consigner nos intentions.

Monsieur Félix fulmine intérieurement. Il ne s'attendait pas à ce genre de contretemps, doublé – s'il vous plaît ! – d'un véritable affront. Il se maudit de ne pas avoir pris au sérieux ce jeune imbécile. Il aurait suffi qu'il passe un coup de fil à son avocat pour anticiper et contourner cette manœuvre. Il prend d'un air condescendant la feuille que lui tend Boris et lit rapidement les quelques lignes dactylographiées.

« *Je soussigné Monsieur Félix... reconnais avoir pris connaissance, sous le sceau du secret, d'une invention de monsieur Boris Bogard relative à un dispositif électronique de jugement pour les hors-jeu au football. Je m'engage à ne pas exploiter, directement ou indirectement, les révélations qui m'auront ainsi été faites. »*

Bah, ça n'a pas l'air très juridique, ce torchon ! Rien de bien méchant, en somme. Il se détend un peu, sort un stylo-plume, superbe, de la poche intérieure de sa veste et griffonne son nom dans l'espace libre avant de signer.

— Voilà, mon jeune ami ! Je vois que vous êtes organisé, vous irez loin ! Si nous passions aux choses sérieuses, maintenant ? J'ai hâte de découvrir cette merveille qui justifie tant de précautions.

Boris plie soigneusement le papier avant de le ranger dans une poche de son blouson et de poser celui-ci sur le dos de son fauteuil. Au moment où il s'apprête à commencer sa description, le garçon entre à nouveau.

— Messieurs, souhaitez-vous attendre la troisième personne avant de commander ?

Monsieur Félix regarde Boris d'un air interrogateur.

— Qu'en pensez-vous ?

— Je pense que nous risquons de mourir de soif avant qu'elle n'arrive. La ponctualité n'est pas la toute première qualité d'Apolline.

— Elle en a tant d'autres, des qualités !

Pour une fois, Monsieur Félix a l'air sincère. Boris le regarde avec surprise.

— Dans ce cas, que puis-je vous proposer à boire, Messieurs ?

— Mettez-nous donc une carafe de votre extraordinaire cocktail de fruits frais, André, il fait chaud. À moins que notre jeune ami ne souhaite autre chose ?

Boris n'aime pas qu'on lui force la main, encore moins ce Monsieur Félix que quiconque.

— Si cela ne vous gêne pas, je prendrais bien une bière blonde, s'il vous plaît.

— Une bière, André, et une carafe de jus de fruits frais. Avec un thermos de glaçons.

Le garçon quitte la pièce.

— C'est l'un des rares endroits où la glace est faite avec de l'eau minérale, dit Monsieur Félix. Mais trêve de bavardages, nous allions entrer dans le vif du sujet. Je vous en prie, parlez-moi de votre invention.

— Par quoi commencer ?

Boris hésite. Doit-il divulguer les raisons qui l'ont poussé à lancer ce chantier ? Il décide de ne pas révéler à quel point il a été personnellement impliqué à l'origine.

— Euh… L'idée m'est venue, il y a un an, lorsqu'un un juge de touche a été tué parce qu'il avait fait une erreur de jugement sur un hors-jeu.

— Oui, je me souviens. Apolline m'a dit que c'était un de vos amis ?

Mais pourquoi diable a-t-elle toujours besoin de raconter ce qu'elle devrait taire, se demande Boris.

— En effet, j'étais même là lors de l'agression. Je vous passe les détails affreux, toujours est-il que j'ai décidé de mettre au point un dispositif de jugement automatique des hors-jeu.

— À la bonne heure, voilà qui ferait le plus grand bien au monde du football ! Et comment marche cette merveille ?

— Je vais essayer de faire simple.

« Il me prend pour un débile », se dit Monsieur Félix.

— Tout d'abord, chaque poteau de corner est une borne active de radar. Ainsi, chaque coin du rectangle est marqué et le terrain est parfaitement balisé. On peut situer chaque point sur le terrain par ses coordonnées. Vous me suivez ?

— Pour l'instant, tout va bien.

« Ce môme m'agace ! »

— Ensuite, on fixe à l'aide d'un clip une puce électronique dans le col de chaque joueur, derrière la nuque. C'est simple et rapide, ça fonctionne exactement comme un pin's, on le pose juste avant le match et c'est opérationnel. En fait, ce sont des puces actives, en quelque sorte. Elles sont repérées par le radar.

— Je vois, et j'imagine qu'ainsi, le radar suit la position des joueurs en permanence.

— "En permanence", ça n'existe pas pour un système mécanique. On est obligé de faire des mesures "discrètes", c'est-à-dire à des instants précis et à une fréquence régulière.

— Excusez mon ignorance, cher ami, je ne suis pas ingénieur, comme vous l'aurez deviné.

— Le radar mesure la position des joueurs sept fois par seconde.

— Pourquoi sept ?

— Parce que c'est le meilleur compromis entre un excès de données qui rendrait les calculs impraticables et un nombre insuffisant de mesures pour obtenir des résultats précis.

— Mais, dites-moi, vingt-deux positions de joueurs sept fois par seconde, ça fait cent cinquante-quatre chiffres à exploiter par seconde, ce n'est pas trop ?

« Ce gringalet va voir que lui, Félix Zontiev, n'a rien à envier à personne question calcul mental ! »

— Euh… Un peu plus, cent soixante-et-une positions par seconde exactement.

— Comment ça ? Vingt-deux fois sept, ça n'a jamais fait autre chose que cent cinquante-quatre, que l'on soit ingénieur ou pas !

Boris sourit de le voir s'emporter.

— Je n'en disconviens pas, cher Monsieur Félix. Seulement, vous n'oubliez pas un élément essentiel, pour juger les hors-jeu… ?

Monsieur Félix fulmine. Il n'est pas l'élève qu'on interroge, non mais pour qui se prend ce jeune con ? Il parvient à se maîtriser, mais c'est tout juste.

— Je suis sur des charbons ardents, cher Boris, ne me faites pas languir plus longtemps…

— Le ballon, bien sûr !

Bien sûr !

— Le ballon porte, lui aussi, une puce qui est repérée sept fois par seconde. Et le compte y est. Le décor est en place pour opérer les calculs.

À ce moment précis, quelqu'un frappe à la porte.

— Voilà notre rafraîchissement, dit Monsieur Félix.

La porte s'ouvre doucement. Apolline entre.

— Je ne croyais pas si bien dire ! murmure Monsieur Félix.

Comme toujours en été, elle est légèrement vêtue, juste quelques grammes d'un tissu souple, amoureux de ses hanches et de ses cuisses, et un T-shirt blanc et court, directement posé sur les seins, fier de dévoiler ventre et nombril. Les cheveux tirés en arrière et relevés en un palmier blond soulignent l'ovale parfait du visage et les immenses yeux bleus si lumineux. La peau de soie pâle est à peine marquée par les sourcils délicats et le petit nez mutin. Elle est à la fois sage et sexy, douce et volcanique, madone et lolita. Elle est simplement merveilleuse. Monsieur Félix se lève un peu précipitamment, le cœur anormalement agité, comme subitement atteint d'infantilisme par l'arrivée d'Apolline. Son empressement contraste avec ce qui pourrait passer pour une relative indifférence de la part de Boris qui reste assis.

— Mademoiselle Roche de Fontaine, vous êtes là ! Je suis ravi de vous voir.

On ne saurait douter de ces propos, à part que "profondément heureux" serait plus approprié que "ravi", mais non content de ne pas être ingénieur, Monsieur Félix n'est pas non plus écrivain. Pourtant, Apolline est réellement contente de le voir. Cette joie qu'il affiche avec simplicité a l'air si sincère ! Elle lui tend la main qu'il effleure des lèvres.

— Bonjour, Monsieur Félix.

Sa voix est douce et chaude. Toujours en la tenant

par la main, il l'accompagne jusqu'à un fauteuil profond situé face au sien. Elle sourit gentiment, contente d'être l'objet de tant d'attention, et abandonne son corps de rêve aux bras enveloppants du fauteuil.

— Tu ne me dis pas bonjour ?

Accaparés par la joie de se retrouver, ils en avaient oublié Boris.

— Ah si ! Bonjour…

Mais elle ne se lève pas, il faut dire que ces fauteuils n'ont pas été conçus pour renvoyer leurs occupants à la position verticale peu après qu'ils se soient confiés à leur absorbante concavité. Boris hésite mais décide de ne pas se lever non plus : il ne va pas calquer ses gestes sur le comportement obséquieux de ce Monsieur Félix. Pauvre vieux, il doit baver d'envie devant Apolline. Dommage, c'est lui, Boris, qu'elle aime, et pas besoin d'une analyse approfondie de leurs mérites respectifs pour expliquer pourquoi.

Alors que Monsieur Félix s'assied en face de la jeune fille, le garçon apporte les boissons. Ça tombe bien, il commençait à faire soif. Il verse dans deux verres aux formes raffinées une grande rasade de cocktail de fruits frais, ajoute deux glaçons, pose chacun d'entre eux sur un petit plateau d'argent et se présente successivement devant Apolline et Monsieur Félix.

— Merci, André.

C'est ensuite Boris qui peut s'emparer d'un verre d'or mousseux, cérémonieusement présenté par le garçon.

— Eh bien, je propose que nous levions nos verres à mademoiselle Roche de Fontaine qui est à l'origine de cette fructueuse rencontre et qui illumine ce lieu de son éclatante beauté.

Boris trouve ce toast excessif et ridicule mais Apolline sourit. Elle a l'air contente, ça agace Boris qui esquisse à peine un geste ascendant avec sa mousse, avant de la porter à ses lèvres.

— Alors, Messieurs, vous avez pu parler affaires ?

— Nous étions en train de le faire, chère Apolline, et Boris tentait d'expliquer à mon pauvre esprit réfractaire à tout ce qui est scientifique le principe de son invention.

— Oui, enfin bref, nous en étions à la récupération des coordonnées des joueurs et du ballon et à leur transmission à l'ordinateur.

— Imaginez, chère Apolline, cent soixante et un chiffres par seconde à donner en pâture à ce pauvre ordinateur qui doit triturer ça dans tous les sens, j'imagine…

— En fait, cent soixante et une positions à traiter, ça fait trois cent vingt-deux nombres, puisqu'une position c'est une abscisse et une ordonnée.

Monsieur Félix sourit d'un air contrit.

— Vous voyez, ça a du mal à rentrer.

Il s'adresse à Apolline et dit ça pour l'attendrir, et ça marche. Elle tient son verre distraitement, les propos de ces deux hommes glissent sur elle sans vraiment la toucher. Ce qui la touche, c'est le visage de Monsieur Félix en face d'elle, un visage dur, c'est vrai, mais en même temps ambigu et beau, un visage fait de souffrances surmontées. C'est un regard, aussi, un regard sauvage qui tente de se domestiquer, dans lequel elle commence à lire quelque chose de beau, quelque chose qui la remue et qui la rend à la fois faible et forte à l'intérieur.

— Ça vous intéresse toujours, mon invention ?

Boris n'aime pas du tout le petit jeu de Monsieur Félix : il ne serait pas en train de draguer sa copine ? Non, impossible, cela n'aurait pas de sens !

— Bien sûr, Boris, je vous en prie, continuez.

— Bon. Où en étais-je ? Alors voilà, nous avons trouvé le moyen de récupérer point par point les mouvements des joueurs et du ballon. Il n'y a plus qu'à faire des calculs pour repérer ce qui caractérise la dernière passe et les positions des joueurs à cet instant précis. Cette partie a été particulièrement ardue, ça fait appel à des calculs différentiels pointus.

— J'imagine !

Un silence s'installe, au cours duquel chacun laisse la fraîcheur de la boisson sur ses lèvres guider ses pensées.

— Dites-moi, dans votre dispositif, rien ne permet de repérer véritablement le contact entre un joueur et le ballon ?

— En effet, ce sont les caractéristiques de la trajectoire, vitesse et direction en l'occurrence, qui permettent de repérer le moment où il a été touché.

— Comment sait-on de quelle équipe est le joueur qui, le dernier, a touché le ballon ?

— Eh bien, il y a des situations où c'est sans ambiguïté, la majorité d'ailleurs, par exemple lorsqu'au moment du changement de trajectoire, l'une des deux équipes ne comptait aucun joueur dans le voisinage immédiat du ballon. Mais, dans certains cas, effectivement, on peut douter de l'auteur de la passe.

— Et ça ne met pas à mal votre dispositif ?

— Je l'ai craint un moment mais, en fait, j'en ai fait un argument fort en faveur de sa diffusion.

— Ah bon, comment ça ?

— L'une des difficultés de mon idée, c'est l'opposition qu'elle ne manquera pas de rencontrer auprès des instances dirigeantes du football, et notamment du corps arbitral.

— C'est très probable, en effet.

— Alors, il faut expliquer que mon dispositif ne se substitue pas à l'arbitre pour juger. Le rôle de l'arbitre reste primordial, mon dispositif n'est là que pour donner des indications mécaniques exactes et très précises, c'est-à-dire ce qui est le plus compliqué pour le jugement humain, lorsque le jeu va vite. En somme, il constitue une aide à la décision de l'arbitre qui reste souverain dans ses jugements. La preuve, seul l'arbitre pourra démêler les situations où le dispositif restera incapable de juger qui a fait la passe. Mais, à côté de ces quelques cas, quel apport pour la justesse et l'équité du jeu !

Monsieur Félix ne peut s'empêcher d'être impressionné par la maturité de ce garçon. Emporté par sa jeunesse inexpérimentée, il aurait pu croire que la finalisation technique de son invention suffirait à en imposer l'intérêt au monde du football. Il n'en est rien et il a, par avance, songé à la façon de contrer les objections des arbitres sur le fond.

Apolline a l'air de se laisser vivre. Elle s'est enfoncée bien au fond du fauteuil et sirote tranquillement son jus de fruits. Sa jupe remonte haut sur ses jambes et, entre le ventre dénudé et les cuisses largement découvertes, c'est un petit ruban de toile légère qui cache le centre de plaisirs terrestres et célestes. Tant d'impudeur n'a pas l'air de la gêner et Monsieur Félix a du mal à détacher ses yeux de cet eden. Dieu qu'elle est émouvante ! Dieu qu'elle est séduisante ! Dieu qu'elle est excitante !

Il s'oblige à détourner le regard afin de se concentrer à nouveau. Il y voit clair à présent sur l'invention de Boris : c'est de l'or en barre, pour peu qu'on sache s'y prendre. De l'or en barre pour celui qui possède l'invention, bien sûr et, pour l'instant, il ne la détient pas encore. Et puis, même s'il tente de se rassurer en en niant la valeur juridique, il y a ce fichu bout de papier qu'il a signé… Comment va-t-il s'y prendre ? Il relance la conversation.

— Cher Boris, je dois avouer que je suis impressionné par votre travail. Il semble bien qu'il y ait là de quoi apporter au monde du ballon rond une formidable avancée. Où en êtes-vous exactement ? Vous l'avez testée, votre machine ?

— Côté calculs, tout fonctionne. J'ai testé un millier de situations de jeu et le logiciel d'analyse est au point. Côté radar, j'en suis à terminer la fabrication d'une dizaine de jeux de puces électroniques. Je suis aidé en cela par des amis qui ont une petite boîte très pointue dans le domaine des radars et des exploitations du GPS. Les essais en grandeur nature devraient commencer dès la semaine prochaine : je me suis assuré le soutien d'un petit club de la région qui est prêt à se soumettre aux essais.

— Les arbitres sont d'accord ?

— Ils ne sont pas dans le coup, ce sont juste les puces qui sont dans le cou… des joueurs. Pour l'instant, je teste l'invention, bien planqué dans mon coin. Aucun impact sur les décisions de l'arbitre.

Monsieur Félix commence à être inquiet. Il ne faut pas qu'il tarde s'il veut mettre la main sur la machine.

— Cher Boris, j'admire sincèrement votre détermination et votre talent. J'espère que votre machine est en sécurité ?

— Oui, je prends les précautions nécessaires.

— Vous êtes sûr ? Où la stockez-vous ?

— Si vous le permettez, c'est une information que je préfère garder secrète.

— Comme vous voulez, je disais ça juste pour m'assurer qu'il n'y a aucun danger. Avec tout ce qu'on voit comme cambriolages, maintenant…

— Allons, Boris, ne sois pas grossier avec Monsieur Félix. Tu vois bien qu'il essaie de t'aider et toi, tu te méfies de lui comme d'un étranger. Nous pouvons lui faire confiance, tu peux bien le rassurer en lui disant que ton invention est planquée dans ton atelier !

La voix d'Apolline est douce et paisible mais Boris la fusille du regard. Il s'est enfoncé encore plus profondément dans son fauteuil. Il bout de colère.

— Apo, si tu veux bien, laisse-moi gérer ça tout seul. Ça t'évitera de faire des catastrophes…

— Ne la grondez pas, Boris, Apolline a raison : vous avez tort de vous méfier de moi ! Je ne vous en veux pas, d'ailleurs : c'est un réflexe normal quand il y a de tels enjeux. Mais ne perdez pas de vue que je suis ici pour vous aider. Et je pense savoir comment.

Il prend une lampée de jus de fruits.

— Vous avez beaucoup d'atouts à faire valoir d'un point de vue technique mais, comme vous l'avez souligné, ça ne suffit malheureusement pas. Il faut pouvoir imposer votre invention au milieu du football. C'est un monde très conservateur où chaque changement est considéré comme suspect, voire dangereux.

— Je sens bien ça, et c'est effectivement sur ce point que je me sens le plus démuni.

— Voilà… Et c'est précisément dans ce domaine que je puis vous aider. Qu'en pensez-vous ?

Monsieur Félix a un air à la fois modeste et triomphant.

— J'en pense… qu'il faut voir… Bien sûr, une aide sera toujours la bienvenue !

Mais on sent que c'est à contrecœur que Boris fait une concession. Apolline regarde Monsieur Félix avec une certaine gourmandise. Il réussit à s'imposer, d'une certaine façon, à Boris pourtant si réfractaire.

— Première étape : je vous fais rencontrer Alfred Jeansire, président de la Fédération Française de Football. À partir de quand pourrez-vous parler librement de votre invention ?

— Lorsque le brevet sera déposé. Je peaufine le dossier, ça devrait être bouclé d'ici quinze jours.

« Voilà une information précieuse », se dit Monsieur Félix. « Il ne faut pas que je traîne. »

— Bien. Je vais, dès à présent, solliciter un rendez-vous avec lui, il a un agenda de ministre. Je pense également vous faire rencontrer Henri Quatrepied, Secrétaire Général de l'Association Française des Arbitres de Première Division. Il est sympa, sauf quand on parle de faire évoluer la pratique de l'arbitrage. Mais je sais comment il faut que nous nous y prenions.

Boris ne pipe mot. Même si cela l'embête au plus haut point, tout cela est précieux pour l'avenir de son invention. Monsieur Félix mesure l'impact positif de ses propos sur son jeune auditoire. Il décide de porter l'estocade.

— Enfin, vous avez besoin de relais d'opinion. Bien sûr, vous pouvez compter sur moi, mais je pense que le parrainage d'un grand nom vous sera précieux. Et pour ça, rien de mieux que Marcel Rebot.

— Marcel Rebot, l'écrivain ? Il aime le foot ? s'étonne Apolline.

— Oui, c'est un fana. En plus, il adore tout ce qui

peut faire progresser son jeu préféré. S'il est séduit par l'invention de Boris, et il y a de grandes chances pour que cela arrive, il ne mesurera pas ses efforts pour l'aider à s'imposer.

Cette annonce a raison des dernières réticences de Boris. En plus, Marcel Rebot, c'est génial ! Un type plein d'humour et de détermination, on ne peut rêver de meilleur ambassadeur.

— Alors, qu'en pensez-vous ? demande Monsieur Félix.

— Eh bien… c'est super, vraiment ! Ces contacts sont exactement ce dont je manquais pour progresser. Je vous en remercie, c'est une aide précieuse.

— C'est un peu tôt pour s'emballer, dit Monsieur Félix en souriant. Le chemin sera long et difficile, mais je suis heureux de pouvoir vous aider. Je suis également ravi d'être agréable à Apolline.

— Sur ce, dit Boris en s'extirpant du siège, je fais une halte technique. Savez-vous où sont les "pipi-rooms" ?

— Quand vous sortez, tournez à droite. C'est au fond. Évitez la porte dont la plaque affiche une aiguille et du fil, préférez celle avec le ballon de rugby.

Boris sort. Monsieur Félix se lève.

— Ce sont des symboles parfaitement machos, n'est-ce pas ? Que voulez-vous, ils sont ancrés dans l'inconscient collectif et il n'est pas étonnant qu'un lieu comme celui-ci s'en amuse un peu. Chère Apolline, puis-je vous resservir un peu de cocktail de fruits ?

— Si vous voulez.

En fait, Apolline n'a pas soif, mais elle aime voir Monsieur Félix s'activer à son service. Elle tend son verre. Monsieur Félix la fixe d'un regard profond, un regard de braise qui transperce la fine couche de tissu et enflamme les sens d'Apolline. Il verse doucement le précieux élixir dans le verre. Le T-shirt tendu par le bras allongé souligne la courbe du sein directement posé sur le tissu. La vision est affolante et Monsieur Félix a du mal à garder son self-control. Il faut conserver la tête froide, le moment est important.

En reposant le flacon de cristal sur la table basse, il effleure le blouson de Boris posé sur le dos d'un fauteuil. Le vêtement tombe. Il le ramasse et prend son temps, tout son temps, avant de le disposer à nouveau sur le dossier.

— Chère Apolline, je me rends ce soir à une soirée caritative. Souhaitez-vous en être ?

— C'est-à-dire, je ne sais pas, je n'avais pas prévu…

— Peu importe, Apolline, c'est une soirée importante et, si vous m'accompagnez, le prix de votre invitation profitera aux enfants pauvres du monde.

Il fixe Apolline dans les yeux.

— En plus, ça me ferait vraiment plaisir de profiter de votre présence, vous n'imaginez pas à quel point !

Apolline sourit. Elle soutient un instant son regard, sent le feu qui la ronge. Elle pense à Boris, a-t-elle envie de passer la soirée avec lui ? Elle a l'impression qu'elle va s'ennuyer lors du probable et sempiternel dîner avec les potes de la bande. Alors qu'elle peut passer une soirée agréable avec cet homme généreux et beau, tout en contribuant à alimenter les caisses d'une association qui fait un travail formidable. Y a-t-il matière à hésiter ?

— Ce serait volontiers, mais je n'aurai pas le temps de me changer.

Monsieur Félix la dévore des yeux.

— Allons, vous êtes si belle ! Pas besoin de changer quoi que ce soit à votre tenue. Je vous en prie, laissez-vous faire ! Vous me feriez tellement plaisir. Ce n'est pas tous les jours que l'on peut faire deux bonnes actions d'un coup.

Elle hésite à répondre lorsque Boris entre.

— Je me sens mieux ! Bien, il faut que je file. Monsieur Félix, merci pour tout. J'apprécie vraiment votre aide. Je vous laisse l'initiative de me joindre, lorsque vous aurez pu établir les premiers contacts.

Il prend son blouson.

— Tu viens, Apo ?

— Euh non, je crois que je vais rester encore un peu…

— Comment ça, un peu ? On file chez Serge, on est déjà à la bourre.

— Je ne viens pas chez Serge.

— Comment ça, tu ne viens pas ? Mais, c'est hors de question, j'ai dit que nous viendrions tous les deux !

— Eh bien, tu aurais dû me demander. J'ai autre chose de prévu pour ce soir. Une soirée caritative.

— Toi et tes maudites actions de bienfaisance !

— Tu peux jurer, je ne viens pas !

Le ton d'Apolline est calme. Boris est là, debout, les lèvres hésitant entre un sourire mauvais et une moue dubitative. Il la regarde à nouveau et lit dans les yeux qui le fixent une sereine détermination. Il sent qu'elle ne changera pas d'avis et qu'il risque de se rendre ridicule.

— Eh bien, bonsoir…

Et il tourne les talons et sort sans un mot, laissant la porte ouverte derrière lui. Il fend à pas rapides la lumière tamisée des couloirs jusqu'au bar et sort dans l'air chaud. Le clair-obscur qui caractérise les soirées d'été tarde à s'installer. La douceur du moment n'a aucun effet sur le bouillonnement qu'il sent en lui. Un doute affreux le tenaille. Et si cette soirée caritative, c'est avec ce Monsieur Félix qu'elle allait la passer ? Certes, cette idée est parfaitement invraisemblable… Mais alors, pourquoi n'arrive-t-il pas à repousser la sourde inquiétude qui le ronge ? C'est un sentiment insupportable et pourtant il va falloir qu'il vive avec lui jusqu'à demain…

VI

L'ombre noire parvient enfin au niveau 5. Le justaucorps moulant laisse deviner un début de ventre peu courant chez un espion affûté. Se glisser jusque-là sans encombre n'a pas été facile. Il a fallu déjouer la surveillance de l'accueil en empruntant l'entrée de livraison, puis être sûr d'éviter le personnel, même si les couloirs sont en général plutôt déserts aux alentours de vingt et une heure trente. Il a d'ailleurs failli tomber nez à nez avec un couple de vieux touristes qui baragouinaient une langue qu'il a immédiatement identifiée comme du russe – on ne passe pas plusieurs années dans les services secrets français sans apprendre à reconnaître une vingtaine de langues étrangères. Il a dû son salut à sa prudence de professionnel : il est venu hier dans la journée flâner dans cet hôtel de luxe pour repérer les lieux. Il s'est ainsi assuré de pouvoir disposer, à chaque étape de son périple, d'une cache de secours. C'est donc sans s'émouvoir qu'il s'est engouffré silencieusement dans ce placard à balais. Confiné quelques minutes dans ce trou noir, il a pu respirer tout ce que cet hôtel compte de relents crasseux : la poussière âcre des moquettes, les effluves prétentieuses des chiffons à meubles imprégnés de l'aristocratique cire d'abeille, les remugles douteux des serviettes sales, les scories pourrissantes coincées dans les poils des balais, les haleines sournoises des sacs d'aspirateurs, abandonnés là comme des chiens sur des parkings d'autoroute, les moisissures qui disputent à des souches bactériennes impérialistes la suprématie territoriale sur de vieilles croûtes consentantes et déshonorées. C'est le grand "baisodrome" des acariens, la soupe primordiale et honteuse dans laquelle croupit la saleté produite en cachette par ce grand hôtel aux airs honorables et proprets.

Il est à présent devant la porte 512. La crocheter est un jeu d'enfant. Il a de la chance, c'est une serrure classique. Lorsqu'il a effectué, hier, son petit tour de reconnaissance, il a constaté avec plaisir qu'il n'aurait pas à se mesurer à une ouverture commandée par carte électronique. Il en serait venu à bout également, bien sûr, mais rien ne vaut les bonnes vieilles méthodes. Quelques secondes seulement de pénétration inquisitrice et la serrure cède avec un petit cri de reddition. Protestation ou plaisir ? « Les deux sans doute », se dit-il avec une moue de dégoût. « Toutes les mêmes. » Il entre doucement. Il est sûr que la chambre est vide : ses occupants sont en train de se pavaner dans une soirée. Le champ est libre pour mettre en place sa petite installation.

En fait de chambre, c'est plutôt d'une suite qu'il s'agit. Le luxe est partout : en témoignent le mobilier précieux, le lit grand comme un porte-avions, la salle de bains capable d'abriter une douzaine de familles cambodgiennes sédentaires, bref, tout ce à quoi peut prétendre une championne de classe mondiale.

Pas une championne de l'ordre et du rangement en tout cas : valises et sacs de voyage jonchent le sol, les petites tenues de tennis sont posées directement sur les chaises et les raquettes en fibre de carbone sont jetées ça et là à travers la pièce... Comme quoi on peut être numéro un mondial du tennis féminin et vivre dans une pagaille effrayante ! Pas bon, ça, pour les parents qui exigent de leurs ados le rangement de leurs chambres chaotiques !

D'ailleurs, cela ne fait pas bien longtemps que Martina Hibbins est sortie de l'adolescence. À dix-neuf ans à peine révolus, elle est d'une précocité sportive hors du commun. C'est sans doute cet air juvénile qui, en plus de son statut de vedette et ses airs de sainte nitouche, a motivé cette commande de la part du client de Zontiev. Oueldecq doit d'ailleurs reconnaître qu'il est assez excitant, même pour lui qui n'est pas tellement sensible au charme féminin, de découvrir les sous-vêtements de Martine étalés sur le couvre-lit comme pour une exposition. Elle a dû hésiter sur ce qu'il convenait de mettre pour cette soirée de gala. Et si l'on en juge sur ce qu'elle a laissé là, elle doit être sacrément sexy : petites culottes en coton blanc faussement sages jouxtent la lingerie fine en soie rouge ou noire. Petite fille ou femme fatale, quelle humeur libidinale l'a finalement emporté ? Quelle que soit l'option choisie, c'est prometteur pour son petit ami. C'est également bon signe sur les chances de succès rapide de la mission de voyeurisme pour laquelle il est là, maintenant, dans cette tenue noire moulante, ridicule.

Il inspecte soigneusement la pièce. Il a trois micro-caméras à installer, il faut qu'il choisisse des points d'observation à la fois bien placés et capables de dissimuler les minuscules objets électroniques. Il songe aux deux tourtereaux rentrant de leur soirée, excités et pressés d'en venir aux mains. Où vont-ils faire leurs saloperies ? Le lit, bien sûr, est un site incontournable. Il décide de diriger deux des trois micro-objectifs vers le lit. La profusion des objets de décoration lui facilite la tâche : entre les lampes sur pied, les appliques, les tableaux, les lustres et autres bibelots, les caches possibles sont nombreuses. Il remercie Zontiev de lui avoir fourni de quoi acheter le must en matière de matériel. Il a, en effet, pu se procurer des caméras à émetteur, les plus chères si l'on tient compte du prix du récepteur, et bien plus petites que celles qui sont dotées de leur propre capacité d'enregistrement des images. Tout l'enjeu consiste à dissimuler suffisamment bien ces objets de quelques centaines de millimètres cubes pour qu'ils soient invisibles à un œil normalement aiguisé.

Son choix se porte sur une applique posée face au lit. Il sort de son sac à dos de quoi fixer le minuscule appareil. Un coup de colle sur le support pour le solidariser à l'applique, puis il visse la caméra dessus. Il prend du recul pour se rendre compte de l'efficacité de la cachette. La caméra est invisible, ou presque. Il faut vraiment avoir le nez dessus pour l'apercevoir. Bien. Voilà une prise en plongée. Il a également besoin d'une vue rasante ou en contre-plongée. Il teste les différents éclairages de la pièce. Entre les rayons trop crus et les lueurs trop timides, l'éclairage le plus favorable pour une partie de jambes en l'air provient, selon lui, des lampes de chevet disposées de chaque côté du lit. C'est en fonction de cette hypothèse qu'il choisit l'emplacement de la seconde caméra. Il la fixe sous le rebord en surplomb d'une table de chevet. La hauteur est parfaite, à quelques centimètres à peine au-dessus du matelas. Il sort le récepteur HF de son sac. C'est un petit boîtier compliqué, plein de curseurs et de manettes de jeu vidéo, surmonté d'un écran carré de quelques centimètres de côté. Il met les deux petites caméras sous tension. Après quelques réglages, il obtient une image parfaitement nette du lit. Il a beau connaître ce matériel, il est toujours stupéfait par la qualité des images. La netteté est telle qu'on distingue les moindres détails du couvre-lit. En manipulant les différentes manettes, il fait pivoter les caméras autour de leur axe et active le mini-zoom. Bien, voilà, c'est au point. Il jette un coup d'œil à sa montre. Cela fait maintenant une heure qu'il est entré dans cette pièce. Il lui faut installer la troisième caméra. Elle trouve place dans la salle de bains, bien cachée dans l'encoignure d'un meuble sous l'évier, à cinquante centimètres du sol environ. Là aussi, les contre-plongées seront sans doute particulièrement efficaces. Quelques minutes pour ranger et s'assurer qu'il ne laisse aucun indice et il sort silencieusement de la chambre. Début de mission accompli, il n'a plus qu'à guetter le retour de la belle sportive et à enregistrer les ébats des deux amoureux. Devoir assister à l'étalage d'une anatomie féminine ne l'enchante guère, mais il se consolera avec les zooms sur son petit ami. À toute chose, malheur est bon.

*

*   *

Où diable Serge a-t-il pu dégoter un réfrigérateur aussi colossal ? Le meuble mange un bon quart de la cuisine – un comble d'appétit ! – et on a peine à croire qu'il a pu être acheminé jusque-là sans abattre l'une ou l'autre cloison de cette petite maison de ville. Truffé de gadgets, il a émerveillé Boris au début, qui a voulu tout savoir des trésors d'inventivité qu'il recelait. La plus grande émotion d'ingénieur pour Boris provient du petit écran bleu luminescent qui, tel celui d'un ordinateur, permet de contrôler les différentes parties de l'appareil : température et hygrométrie de chaque compartiment, capacité calorifique du contenu, nombre de glaçons disponibles, temps restant pour atteindre la température-cible après un chargement massif de nouvelles denrées, date du dernier nettoyage et densité probable de souches bactériennes indésirables compte tenu de l'historique des variations de température, et autres indicateurs indispensables pour vivre vraiment dans le vingt et unième siècle.

Mais pour l'heure, Boris ne songe pas au réfrigérateur. Il fixe sans le voir un verre de bière à la main, qu'il sirote sans s'en rendre compte. Il est pensif sans penser vraiment et il entend sans réellement l'entendre Serge s'affairer juste à côté de lui à la préparation de l'apéro. Comme de nombreux samedis soirs, leur petit cercle d'amis se retrouve chez l'un d'entre eux pour dîner avant de sortir. Mais, ce soir, Boris n'a pas le cœur à s'amuser. Apolline ne viendra pas, et cette absence lui pèse terriblement, bien plus qu'il n'aurait pu l'imaginer.

— Elle va à une soirée de bienfaisance.

— Bon, ben voilà… C'est plutôt une occupation saine… Honnêtement, tu ne peux pas vraiment lui en vouloir.

— C'est pas ça, bien sûr, je soupçonne un vieux beau de l'avoir invitée.

— Mais, dis-moi, tu es inquiet ou quoi ? demande Serge en ouvrant un bocal d'olives pimentées.

— Comment ça, inquiet ?

Mais Boris a parfaitement compris la question.

— Ben, inquiet que ce mec te la pique…

— En principe, non. Ce mec n'est pas du tout le genre d'Apolline. Il est bel homme, c'est sûr, mais il est vieux et louche.

— Le genre d'Apolline, tu es sûr de savoir ce que c'est ? D'ailleurs, Apolline, excuse-moi de te poser la question, mais tu la connais vraiment bien ?

— Pourquoi tu me demandes ça ? Bien sûr que je la connais bien, ça fait maintenant six mois qu'on est ensemble ! D'ailleurs, tu la connais bien aussi, tu la vois assez souvent, presque à chaque fois que tu me vois, c'est dire !

— Eh bien, justement, je ne suis pas sûr de la cerner si bien que ça… J'avoue ne pas trop savoir quoi penser d'elle.

— Comment ça ?

Boris est sur ses gardes. Pas question de laisser dire du mal de sa copine. Serge le sent bien, il prend tout son temps pour égoutter les olives avant d'en porter une à sa bouche.

— "Ouah", elles arrachent ! Ça c'est du piment ou je ne m'y connais pas !

— Qu'est-ce que tu disais, alors ?

— Je disais que malgré les quelques mois écoulés, j'ai l'impression de ne pas connaître Apolline – il recrache le noyau. Je l'aime bien, bien sûr, beaucoup, même. Mais, bizarrement, je n'ai jamais réussi à avoir avec elle une conversation sérieuse.

Boris hésite longuement avant de répondre. Il a besoin de se donner une contenance, alors il pique une olive qui pique et qui tombe à pic, et se la jette dans la bouche d'un geste faussement décontracté.

— Pour dire la vérité, je dois reconnaître que moi non plus…

— Comment ça, toi non plus ? En six mois, tu n'as pas réussi à parler sérieusement avec elle ?

— Si, si, c'est pas vraiment ça. C'est juste qu'on

dirait qu'elle est en permanence absente, que nos sujets de conversation habituels ne la touchent pas.

— De quoi vous parlez, alors ?

— De tout et de rien, de petites choses sans importance réelle.

— Mais… excuse-moi de te poser la question aussi crûment… elle est intelligente ?

— Ta question ne me choque pas, je me la pose moi-même en permanence. Et je dois dire que… je n'en sais rien. L'intelligence est une notion tellement complexe ! Je ne dirais pas qu'elle est spécialement “intelligente” au sens scolaire ou analytique habituel du terme. Mais elle a quelque chose de tellement profond…

— J'en étais sûr, c'est sexuel !

— Mais non, idiot, quelque chose de profond dans sa personnalité. Elle est généreuse, on a du mal à imaginer à quel point, et elle a un sens du contact incroyable.

— En gros, tu me dis que c'est une adorable et attachante poupée Barbie, quoi ?

— Je dis qu'elle m'apporte des tas de choses qui ne relèvent pas de l'intelligence au sens convenu du terme. Le plaisir sexuel en fait partie, c'est vrai. De ce point de vue, elle est étonnante. Elle adore ça, je dois avouer que j'ai du mal à faire face.

— Veinard ! Si je peux rendre service… Non, je plaisante. Mais, à part ça, tu l'aimes ?

— Bien sûr que je l'aime. Je ne pourrais pas me passer d'elle.

— Comment peux-tu l'aimer si tu n'arrives pas à avoir d'échange intellectuel avec elle ?

— Je me suis aussi posé cette question. Et, finalement, je crois que l'amour n'a rien à voir avec ça. L'amour se passe de fondement intellectuel, si on y réfléchit bien.

— Il tient à quoi, alors ?

— Pour moi, il se construit sur le partage, quelle qu'en soit la forme : intellectuelle, sensible, historique, physique, émotive, morale, circonstancielle, peu importe.

— Et qu'est-ce que tu partages avec Apolline ?

— Surtout le plaisir, je n'ai pas honte de le dire. Je l'aime pour le plaisir que nous nous donnons et pour sa beauté, mais aussi pour ses qualité humaines. Et tant pis si nous n'avons pas d'échanges du type Picasso-Einstein.

— Tiens, à propos de "Pic-assiette", aide-moi à mettre les cacahuètes dans un bol. Et crache ton noyau d'olive, ça m'énerve de te voir le mâcher comme ça, tu vas te ruiner une dent !

— Excuse-moi, je suis un peu nerveux. Quand je pense à cet enfoiré…

Serge quitte la pièce, les mains chargées de bols d'amuse-gueules. Boris médite, le noyau d'olive à la main. Il l'a tellement mâchonné qu'il est lisse comme du velours. Mais bien moins lisse, quand même, que la peau d'Apolline, ah ! cette peau, ces yeux, ce sourire… Est-ce que ce vieux salaud pourrait la lui piquer ? Il se méfie de ce renard autant que d'Apolline et de ses lubies. Ce type est visiblement malin. Boris est assailli d'un doute. A-t-il eu raison de lui dévoiler son invention ? Mais à malin, malin et demi. Il ne s'est pas laissé piéger. Il a obtenu de quoi se protéger d'éventuelles intentions prédatrices, grâce à ce papier qu'il lui a fait signer. Il plonge la main dans sa poche pour chercher le contact rassurant avec le précieux document. Pourtant, ses doigts tardent à entrer en contact avec la surface sèche de la feuille pliée.

Il fouille la poche, rien. Puis l'autre, fébrilement. Rien. Le papier a disparu !

*

* *

"Enfants Univers" est une entreprise formidable. Les membres de cette association consacrent une énergie impressionnante à la cause des mômes sacrifiés partout dans le monde. Sacrifiés par Dieu sur l'autel de la Liberté totale qu'il a conférée à l'Homme – c'est le piteux tour de passe-passe rhétorique trouvé pour justifier la cohabitation du mal et de la toute-puissance de Dieu. Certains de ces bénévoles sont de confession catholique et on a du mal à savoir s'ils œuvrent, la honte au ventre, pour réparer le plus discrètement possible les conneries du Tout-puissant, ou s'ils profitent de Sa cruauté et de Ses distractions pour s'acheter une conduite morale et religieuse, en ramassant quelques miettes de malheur saupoudrées sur le monde martyrisé. D'autres volontaires, oubliés de la grâce de Dieu ou désertés par la Foi, ne croient guère aux mondes virtuels et donnent leur temps sans compter, juste pour faire le bien. Dingue !

Pour collecter des fonds, l'association a recours au classique système des soirées caritatives. Pour les participants, c'est un moyen pratique de se taper la cloche en toute bonne conscience, tout en allégeant – très modestement, il est vrai – leur pression fiscale. Et en l'occurrence, la responsable de la communication de "Enfants Univers" a mis les petits plats dans les grands. Le site est superbe : une abbaye immense, constituée de plusieurs bâtiments indépendants posés sur un parc traversé de petits bras d'eau.

À l'heure à laquelle ils arrivent, le soleil est déclinant. Le portail immense est ouvert sur une longue allée bordée de grandes torches allumées. Au bout, la majestueuse bâtisse est éclairée de mille feux. La lumière blanche des lampes halogènes sur les vieilles pierres produit un effet saisissant dans le clair-obscur naissant. Le subtil mélange de l'ancien et de l'hypermoderne crée une atmosphère grandiose et intimidante, et Apolline est émerveillée par cette vision enchanteresse.

Dans la voiture silencieuse, seul le crissement des pneus sur le gravier de l'allée est perceptible. Monsieur Félix se dirige vers le parking et se gare doucement. À peine le moteur coupé, il s'éjecte avec une vitesse surprenante : le temps qu'Apolline détache sa ceinture, il a fait le tour et ouvre la lourde portière. Dans ces coupés, les sièges sont bas et les genoux, haut. Lorsqu'Apolline se dégage doucement, ses cuisses innocentes s'ouvrent et laissent apparaître fugitivement un morceau de tissu blanc, dernier et fragile rempart avant de douces et atomiques promesses. Monsieur Félix n'a rien pu faire, il a regardé très directement et il a senti le regard d'Apolline peser sur le sien. Lorsqu'il lui prend la main pour l'aider à s'extirper du siège, il croit lire sur son visage un sourire indéfinissable. Mais que peut-il être sûr de lire sur ces traits aussi énigmatiques que ceux de Mona Lisa ?

De toute façon, inutile de se mentir, la soirée risque d'être placée sous le signe du désir plus que des mondanités, en tout cas pour lui. Chaque geste d'Apolline souligne sa beauté tentatrice et lui allume les sens. Le mini T-shirt, à lui seul, avec ses quelques grammes de tissu complice, épouse et souligne chaque mouvement des seins. Il les révèle plus qu'il ne les cache : c'est proprement affolant. Une autre cinquantaine de grammes de tissu volette doucement autour des longues jambes fuselées et emprisonne les petites fesses rebondies. Monsieur Félix regarde Apolline avant de lui proposer son bras : dans ces attributs vestimentaires tout simples, elle est tellement excitante et resplendissante qu'on oublie qu'elle ne porte pas de tenue chic.

Les invités sont accueillis à l'entrée de la vieille bâtisse par la responsable de la communication et le Directeur Régional de l'Association. Pour un peu, on se laisserait prendre par la chaleur de leurs remerciements, on les croirait sincères. Quel talent ! Mais ce qui est sincère et dont se repaît Monsieur Félix, ce sont les regards d'admiration que suscite sa cavalière.

L'intérieur du bâtiment est d'un luxe prodigieux. Surprenant pour un lieu que l'on penserait consacré à l'ascèse qui sied à la vie religieuse ! Mais il y a bien longtemps que cette abbaye a vendu son âme aux diables marchands. Rares sont les soirées qui ne soient pas réservées à une entreprise ou une association organisant une manifestation de prestige.

— Comment trouvez-vous cet endroit ? demande Monsieur Félix en guidant Apolline jusqu'au buffet.

— Pas mal.

— C'est tout ?

— Non, non c'est bien. C'est comme chez mes parents.

— Ah !

Il avait oublié. Luxe et argent, voilà deux choses qui n'impressionneront sûrement pas cette jeune fille. Il lui tend une flûte de champagne. Un sourire éclaire le visage d'ange d'Apolline. Elle le regarde avec douceur.

— Merci.

Elle porte la flûte à ses lèvres. Le visage légèrement penché au-dessus des bulles qui dansent la gigue, elle effleure des lèvres le bord du verre avant de boire doucement en continuant de le regarder. Ses yeux au bleu délavé dessinent au-dessus du rebord du verre une ligne azur qui fixe délibérément Monsieur Félix. L'invitation est claire : l'ange s'est transformé en démon et, malgré son expérience des femmes, il n'a pas souvenir d'avoir senti pareille onde de chaleur lui envahir le corps. Il soutient le regard en buvant une gorgée, puis lui tend le verre pour trinquer.

— À notre soirée, Apolline.

— À notre soirée.

*

*   *

Leur soirée, en vérité, se déroule comme un de ces rares et magiques moments qui saluent la naissance d'un amour. Il faut reconnaître que Monsieur Félix est éblouissant d'aisance dans ce type de contexte. À force de fréquenter ces ambiances artificielles, il s'est peu à peu forgé un savoir-faire sans égal pour y briller. Et ce soir, galvanisé par la présence d'Apolline, il ne ménage pas sa peine pour clouer le bec aux nombreux et médiocres prétentieux. Il part, il est vrai, avec le handicap d'une culture générale un peu sommaire. Ce handicap est cependant plus que compensé par une intelligence, une méchanceté et une liberté intellectuelle qui laissent en général sans répartie ceux qui s'aventurent à se mesurer à lui. Finalement, rien n'a vraiment changé dans ces joutes oratoires mondaines déjà décrites par Stendhal.

À ses côtés, Apolline le suit en silence. Elle a l'air bien. À en voir le sourire qui lui éclaire parfois le visage, nul doute qu'elle apprécie l'esprit de son compagnon. Le talent de Monsieur Félix, ce soir, c'est de ne pas se laisser emporter par son orgueil. Loin de se laisser étourdir par l'enchaînement des répliques, il sait s'arrêter et concéder, comme par miséricorde, quelques victoires à des adversaires sans valeur, alors que sa supériorité est éclatante.

— Je reprendrais bien une “coupette” de champagne.

— Bien sûr, où avais-je la tête ? Venez !

Ils se dirigent vers le buffet. Scène de déjà vu, un jeune garçon se démène derrière la table, dépassé par les événements. Gérer les urgences est toujours difficile mais, lorsque vous êtes face à une meute d'excités costumés qui perdent tout sens des convenances à l'approche des reflets et des vapeurs d'alcool, c'est proprement impossible pour un jeune apprenti. En l'occurrence, l'inefficacité endogène de celui-ci est aggravée par la panique qui le gagne face aux apostrophes peu civiles dont il fait l'objet.

Monsieur Félix et Apolline ne sont pas de cette sorte de gens. Ils attendent calmement, se jetant des regards amusés lorsqu'un invité dépasse les bornes. Quand vient leur tour de passer commande, après qu'ils aient plusieurs fois omis de le revendiquer, une forme massive intervient, les bousculant presque.

— Deux coupes, tout de suite !

Ils regardent l'intrus, interdits par tant de suffisance et de discourtoisie. C'est une femme. Une femme ? Une mégère plutôt, moche et acariâtre, flanquée d'un gnome en smoking et sans existence propre apparemment. Comme le garçon hésite à la servir avant Monsieur Félix et Apolline, elle crache son venin :

— Je n'ai pas été assez claire ? Tout de suite, j'ai dit, je suis pressée !

Monsieur Félix ne peut s'empêcher d'intervenir.

— Je vous demande pardon, chère Madame, mais il me semble que vous vous écartez des convenances les plus élémentaires.

Le tonneau le regarde avec surprise. De quoi ? Qui ose ?

— Quelque chose ne va pas, Monsieur ?

— Eh bien, il me semble que la façon dont vous gérez la file d'attente, ainsi que ce malheureux garçon, sont peu conformes à l'esprit de cette soirée.

— Comment ? Mais personne n'est autorisé à me faire des remarques de ce genre. Sachez que je suis impliquée dans les actions caritatives plus que quiconque ici !

— Eh bien, je suggère que vous vous inspiriez des grands principes qui guident ce genre d'action pour adopter un comportement plus respectable.

— Monsieur, mes comportements, comme vous dites, sont inspirés par les saintes Écritures et je ne vois pas ce qui vous autorise à faire ce type de remarque…

On lit sur la bouche moustachue de l'acariâtre le rictus mauvais de celles et ceux qui affichent leur rôle social comme un pin's accroché à leur bandoulière. Les cheveux courts, frisés, coiffent un visage marqué par l'embonpoint et la graisse méchante. La donneuse de leçons est tellement hideuse qu'on a du mal à fustiger autre chose que sa laideur. Combattre intellectuellement des gens très laids est un exercice redoutable, les beaux le savent bien.

Toujours est-il que l'anti-nymphe est trop sûre d'elle-même, imprégnée de certitudes religieuses en forme de prothèses à pensée.

— Je me permets d'insister, Madame, la façon dont vous avez apostrophé ce jeune homme, au mépris des gens qui attendaient là, me paraît inélégante, pour le moins…

— Monsieur, vous n'avez pas de leçon de morale à donner à une femme qui consacre sa vie à faire le bien et qui respecte, à la lettre, les principes moraux préconisés par l'Évangile.

Elle s'arrête et toise Apolline de haut en bas d'un air réprobateur.

— Et je ne suis pas sûr que ce soit le cas de tout le monde… Certaines associations contre nature me semblent peu compatibles avec l'objet de cette soirée…

Monsieur Félix fulmine visiblement. On voit qu'il hésite à craquer et à envoyer paître cette virago, voire peut-être simplement à lui coller une beigne. Apolline, elle, la regarde et dit doucement :

— Madame, combien de fois avez-vous pris dans vos bras un enfant qui pleurait ? Combien de fois avez-vous aimé et fait jouir un homme au point de lui faire oublier son nom ?

— Mais, enfin, Mademoiselle, je ne vous…

— Faire le bien c'est tout ça, Madame. Alors, visiblement, vous n'avez jamais vraiment fait le bien, malgré votre fric et vos certitudes molles.

Pour le coup, c'est la vilaine qui est menacée d'apoplexie. Elle suffoque en regardant Apolline qui soutient tranquillement son regard. C'est une superbe confrontation du laid et du beau, de l'hypocrite et du vrai, de l'obscurantisme militant et du lumineux. Vaincue par la paisible limpidité de la jeune fille, elle tourne les talons et s'éloigne, affichant la rigidité de son dos et de son bassin comme autant de gages de probité morale. Après un instant de folle hésitation, le gnome qui l'accompagne arrive à détourner son regard fasciné d'Apolline et rejoint son égérie en sautillant.

Monsieur Félix est estomaqué. Le sentiment est trop fort, il ne peut s'empêcher d'attraper Apolline et de la serrer fort dans ses bras, au beau milieu des chichiteux mondains. Loin de le repousser, Apolline s'abandonne et colle son jeune corps contre lui, plus que la bienséance ne le voudrait. Comme Monsieur Félix la regarde, elle a les yeux levés vers lui. Il a l'impression de se perdre dans leur bleu immense comme l'azur. Qu'il doit être bon de se diluer dans l'âme de cette jeune fille, dans son corps !

L'étreinte ne dure que deux ou trois secondes, mais c'est bien suffisant pour que tous deux sentent l'union qu'appellent leurs corps. Autour d'eux, certains s'amusent de ce geste, d'autres s'en formalisent. Tout de même, ce n'est pas un endroit pour se donner en spectacle ! Les corps se défont doucement, l'empreinte de l'autre encore imprimée sur la peau. Ils prennent conscience du décalage de leur attitude, se regardent et éclatent de rire. Il la prend par la main.

— Venez !

Et il l'entraîne vers la sortie.

*

* *

Les peaux ne sont séparées que d'une mince pellicule de sueur. Grâce à ce fin matelas lubrifiant, elles glissent doucement l'une sur l'autre en faisant chanter chaque centimètre d'épiderme. Les velours mouillés sont gorgés de plaisir. Les mains, douces et autoritaires, prennent possession des courbes de l'autre, et de ces pressions amoureuses naissent de nouvelles formes éphémères. Les bouches se mélangent, déroulant par avance, en le mimant à échelle réduite, le film à venir de l'union des corps. Les cuisses s'ouvrent, les langues frôlent et investissent, étrangères à toute pudeur. C'est une épopée de plaisir que vivent là nos deux amants, c'est une orgie de sensations, une chorégraphie de gestes obscènes et pleins d'amour. Au diable la frugalité des amants aux appétits étriqués et mécaniques !

En ces moments d'abondance, c'est un pilotage fin auquel doivent se livrer ces forçats du plaisir. Un faux mouvement, un bref instant de désynchronisation et la jouissance précoce de l'un ou l'autre pourrait mettre un terme anticipé au ballet amoureux. Mais là, pas de risque. Sur le lit ravagé de l'hôtel, les corps s'unissent à merveille, le temps s'écoule doucement au service de la construction progressive du bonheur sensuel.

Emporté par les mouvements du couple, le couvre-lit s'enroule par endroits en circonvolutions compliquées. De ses plis tourmentés dépassent, ça et là, une jupette de tennis, une petite culotte ou un soutien-gorge de lingerie fine.

— Ils n'ont même pas pris le temps de ranger avant de faire leurs cochonneries !

Derrière son écran de contrôle, Oueldecq manipule avec dextérité les manettes de sa console d'espionnage. Son dispositif, grâce au matériel d'exception dont il dispose, donne des résultats remarquables. Aucun détail de l'étreinte ne lui échappe. Il doit admettre qu'il aurait pu tomber plus mal, l'anatomie de la jeune Hibbins est de la plus belle facture. Mais c'est surtout le corps d'athlète de son petit ami qui le fascine. Il prend soin d'enregistrer les vues qui raviront, en qualité et en quantité, le client de Zontiev. Puis il stocke celles, plus spécifiques, qu'il ajoutera à sa collection personnelle. D'avance, il se régale à l'idée de les visionner avec Parsec.

*

*   *

Monsieur Félix regarde le corps d'Apolline allongé à ses côtés. Elle dort profondément dans la lumière tamisée. Bien que ce soit la troisième fois cette nuit, il n'en revient toujours pas de voir à quelle vitesse elle sombre dans un sommeil vertigineux dès que le plaisir l'a submergée. Elle est si belle, nue et abandonnée sur les draps de satin. Dans cet abandon, ses allures tranquilles et douces ne laissent en rien deviner l'énergie qu'elle déploie pour prendre et donner du plaisir.

Il ne se souvient pas d'avoir passé une nuit pareille. Quelle science et quelle passion du sexe chez cette fille si jeune ! En la découvrant progressivement, il est allé de chocs en émerveillements. Par exemple, elle est entièrement épilée. Sur ce corps jeune et soyeux de blonde, c'est époustouflant ! Et pourquoi s'est-elle mise à pleurer lorsqu'il l'a prise la première fois, alors même que ses yeux suppliants appelaient cette union de toute leur force ? Et que d'impudiques audaces dans son comportement ! Tout en elle est un curieux assemblage d'égoïsme et de générosité, entièrement voué à la force des sensations.

Mais le plus étonnant, c'est la façon dont elle l'a conduit à se découvrir au fur et à mesure que se déroulait la nuit. Jamais il n'avait raconté autant sa jeunesse meurtrie, puis l'énergie dépensée pour s'en sortir.

Ils ont parlé, beaucoup parlé, surtout lui, et c'est comme si le récit des infortunes de sa vie de gavroche avait sur elle un effet aphrodisiaque intense. Plus il narrait ses malheurs d'enfant, plus elle se rapprochait de lui, au point de prendre des initiatives inattendues chez une jeune fille de bonne famille. Pour peu que, submergé par le plaisir, il s'arrête de raconter, elle interrompait alors son œuvre délectable pour lui demander, les yeux brillants et les lèvres gonflées, de poursuivre sa chronique.

Maintenant, il est là, près d'elle, à contempler sa plastique exceptionnelle, à détailler ses longs cils ourlés à peine plus foncés que le blond vénitien des cheveux étalés sur le lit. Il a le sentiment partagé que c'est lui qui est nu à présent, qu'elle sait tout de lui, qu'elle a deviné ce qu'il ne lui a pas dit. Il aimerait que ce soit vrai. S'il pouvait se livrer totalement, ne pas avoir de secrets pour elle ! Elle est si différente de la plupart des femmes qu'il a connues, des poules sans le sou, sans talent pour vivre, qui ne s'intéressaient que peu à lui et convoitaient, en fait, son apparente opulence…

Il craint d'être amoureux. Il l'a été, une fois, il y a un peu moins de vingt ans. Faustine. Cette passion avait tourné court lorsqu'elle avait découvert les activités illicites et tellement peu honorables de Monsieur Félix. Le choc affectif avait été terrible : pour la première fois, il s'était découvert fragile et vulnérable. Il s'était juré de ne plus aimer et n'avait eu aucun mal à respecter cet engagement, jusqu'à ce jour.

Et, de fait, ce sentiment nouveau et inattendu le met dans une drôle de situation. Leur liaison a-t-elle un avenir ? Est-elle réellement et durablement attachée à lui ou s'est-elle laissée aller à une bonne nuit de plaisir sans lendemain ? Et son petit mec, avec son invention, que devient-il dans tout ça ? Quel imbroglio !

VII

— Allô, monsieur Parsec ?

— Lui-même.

— Bonjour, je suis André Larnac, du garage Larnac et Fils.

— Oui, bonjour, que puis-je faire pour vous ?

— Excusez-moi de vous déranger, je vous appelle de la part de monsieur Dubois.

— Quel monsieur Dubois ?

— Raphaël Dubois, le médecin qui vous a racheté votre véhicule, il y a environ un an.

— Ah oui, je me souviens... Quel est l'objet de votre appel ? Comment avez-vous eu mon numéro ?

— C'est monsieur Dubois qui me l'a donné. Voilà, après le rachat de votre véhicule, monsieur Dubois a procédé au remplacement de nombreuses garnitures sur le 4 x 4, notamment les pare-chocs.

— C'est possible, et alors, en quoi cela me concerne-t-il ?

— Vous l'ignorez peut-être, mais lorsque nous changeons des pièces sur un véhicule, nous conservons pendant trois mois les pièces remplacées.

Parsec sent un picotement désagréable sur le haut du crâne.

— Trois mois ? Mais en quel honneur ?

— Sachez, monsieur Parsec, que le garage Larnac adhère à la “charte d’intégrité des garagistes de France” et que cette disposition fait partie des règles à respecter pour éviter tout litige avec les clients. Ce n’est qu’avec leur accord que nous nous débarrassons des pièces à l’issue du délai.

— N’importe quoi ! En plus, ça fait bien plus de trois mois que le changement a eu lieu.

— Oui, mais nous avons laissé passé la date. Vous savez, c’est une disposition nouvelle et nous ne sommes pas très bien organisés…

— Vous voulez dire que ces pare-chocs sont encore en votre possession ?

— Justement, c’est l’objet de mon appel. J’ai contacté monsieur Dubois pour lui demander son accord avant de nous débarrasser des pièces. Il m’a dit de voir ça avec vous.

— Avec moi, et pourquoi diable ?

— Écoutez, je n’en sais rien ! Il m’a dit que vous aviez diminué le prix du véhicule dans la mesure où il devrait remplacer les garnitures et que, donc, ces pièces vous revenaient de droit.

— Mais c’est complètement loufoque ! Je n’en ai rien à foutre de ces pièces !

— On ne sait jamais vraiment ce qui se passe dans la tête d’un médecin. En tout cas, c’est tout ce que je voulais entendre, je peux donc les vendre à une casse ?

Parsec réfléchit à toute vitesse. Il n’a pas envie que ces pièces se baladent à droite ou à gauche, il ferait mieux de les récupérer pour s'en débarrasser définitivement.

— Finalement, je vais récupérer ces pièces. Je passerai les prendre dans les tout prochains jours.

— Comme vous voudrez. Je vous donne notre adresse.

— Un instant, je prends de quoi noter… C'est bon, je vous écoute.

Parsec note l'adresse.

— Merci, à bientôt donc.

— À bientôt, monsieur Parsec.

Larnac raccroche. Il se retourne et pose un regard interrogateur sur Querzec.

— Vous avez été parfait, dit sobrement Querzec en tripatouillant son inévitable bobine de nœuds.

D'une main, il attrape son mobile et appuie sur une touche.

— Ouais, Montfort, tiens-toi prêt, on termine d'exciter le diable, il est possible qu'il sorte de sa boîte.

— OK, je me tiens prêt.

Larnac écoute tout ça avec les yeux grand ouverts.

— Larnac, vous oubliez tout ça et on oublie votre petite combine foireuse de casse clandestine. Sauf, bien sûr, si on vous y reprend. C'est compris ?

— C'est bien compris, monsieur le commissaire. Merci.

— Bon, je file.

Querzec prend congé du garage délabré et regagne sa voiture. Tout en démarrant doucement, il attrape le combiné de la radio.

— Ici Querzec. Justine, tu me reçois ?

Le grésillement du poste dure un moment, puis une voix jeune et féminine surmonte le bruit blanc.

— Ouais, Querzec, c'est bon, je t'entends.

— Bon… Alors, on vient de lâcher Parsec avec la fausse nouvelle. Montfort s'apprête à le filer au cas où… Toi tu es prête ?

— Yes sir, tout est en place.

— Oueldecq est là, tu es sûre ?

— Affirmatif, je le vois se balader presque à poil devant la fenêtre. C'est un spectacle, je te jure !

— Rien à signaler ?

— Il vient juste de recevoir un coup de fil. Ça a duré quelques secondes à peine.

— Je te fiche mon billet que c'était Parsec qui annonçait qu'il allait débouler.

— On va voir.

— Le "matos" est prêt ?

— Oui, je t'ai dit ! Arrête de flipper comme un malade ! Tout est en place.

— Je ne flippe pas, je m'assure qu'une tête de linotte comme toi n'a rien négligé.

— Merci pour la linotte. Ne t'inquiète pas !

— OK, ouvre l'œil, je te rejoins. Montfort, tu es à l'écoute ?

— Affirmatif. J'imagine qu'on reste en contact radio à trois ?

— Tout juste. Vous me prévenez s'il se passe quelque chose. À plus.

Le dispositif imaginé par Querzec est en place, il

n'y a plus qu'à attendre et espérer que les deux suspects tomberont dans le piège tendu. Il n'était pas sûr que Parsec morde au truc un peu gros des pièces détachées mais, après tout, il a bien fait de tenter le coup, ça a eu l'air de marcher.

Montfort planque face au 22, rue Vauban, siège miteux de la Cogégom. Il n'a pas à patienter bien longtemps : Parsec sort de l'immeuble et rejoint d'un pas pressé sa voiture garée juste à la sortie. Montfort s'empare du combiné radio.

— Ici Montfort, le diable sort de sa boîte. Il lève l'ancre en voiture, j'embraye. Je vous informe sur la direction qu'il prend dès que possible.

— Bien reçu. Sois discret.

— Ça va, je m'appelle pas Justine !

— Merci, Montfort.

— Break, vous deux, c'est pas le moment de vous chamailler, on bosse, là…

Querzec force l'allure. La planque de Justine est pile en face de l'appartement de Oueldecq, il ne faut pas qu'il courre le risque de se trouver nez à nez avec Parsec. Quinze minutes plus tard, il gare sa voiture devant l'immeuble qui fait face à celui de Oueldecq.

— Justine, je me gare et j'arrive. Montfort, vous en êtes où, avec ton protégé ?

— S'il ne change pas de direction brusquement, nous serons près de vous d'ici cinq à sept minutes.

— Excellent, on vous attend de pied ferme.

Querzec pénètre dans l'immeuble vétuste. L'ascenseur est en panne, il doit se taper les quatre étages à pied. Il arrive en haut passablement essoufflé et entre dans l'appartement après avoir frappé trois coups courts et deux coups longs, leur code de reconnaissance. Le quatrième étage n'est pas idéal, Oueldecq n'étant lui-même perché qu'au troisième en vis-à-vis, mais il a préféré louer un appartement libre moins bien placé que d'en réquisitionner un occupé.

Il parcourt les quelques mètres du couloir sombre qui mène à la pièce principale. Le papier peint est hideux, avec ses motifs mélangeant des anges au sourire idiot et tout un bestiaire naïf. Dans le salon-salle à manger d'une petite vingtaine de mètres carrés, Justine est assise face à la fenêtre, l'œil rivé à un grand télescope. Posé près d'elle, un objet bizarre, issu du croisement entre un micro et une longue-vue, repose sur un trépied. Il est relié à un magnétophone posé sur une table basse. Malgré l'arrivée de Querzec, elle garde l'œil vissé à la lunette sans bouger d'un poil.

— Tu pourrais me faire une fête plus démonstrative, cache ta joie !

— Désolée, pour l'instant je ne quitte pas notre bonhomme de l'œil. Je te ferai ta fête à toi plus tard, si tu es enfin d'accord…

Querzec se mord les doigts de cette réflexion étourdie. Il faut vite passer à autre chose.

— Pas de nouvelle de Parsec ?

— RAS. Mais il ne devrait pas tarder.

— Montfort, tu m'entends ? Vous en êtes où ?

— On a été bloqué par un camion-poubelle, mais là, c'est bon, on arrive. Le paquet devrait apparaître devant vous dans quelques secondes à peine. Chopez-le ! Moi, je continue pour ne pas lui mettre la puce à l'oreille.

— Ça y est, je le vois ! dit Justine, tout excitée.

— Bon, il va bien là où on pense ?

— Attends, pour l'instant il se gare.

— Tu as vérifié le fonctionnement du micro ?

— Ouais, tout à l'heure pendant que Oueldecq était au téléphone. On entend ce qu'il dit comme si on était dans la pièce.

— Génial, cet appareil !

— Sûrement, mais ça fait un peu froid dans le dos de se dire que d'autres peuvent entendre à distance ce que tu racontes. Il y a des choses qu'il vaut mieux garder secrètes, non ?

— Tout juste, Justine.

Querzec prend une chaise, l'approche de Justine et s'assied à l'envers, les bras posés sur le dossier.

— Qu'est-ce que tu vois ?

— Il entre dans l'immeuble de Oueldecq.

— Et Oueldecq, tu le vois ?

— Il sirote une bière dans le canapé.

— Quelle marque ?

— Oh, tu me lâches avec tes questions bidons ?

— Ben, tu n'as qu'à me dire sans que je sois obligé de tout t'extorquer ! Ou alors, tu me passes la lunette !

— Pas question, tu vas t'occuper du micro, je garde le télescope.

— Bon.

Querzec se cale mieux sur la chaise.

— Il est allumé, le micro ?

— En principe oui, mais vérifie quand même que la petite lumière rouge est allumée. Et n'oublie pas qu'il faut passer le micro à travers la fenêtre ouverte, sinon ça prend rien.

— Je le passe là, dans l'encoignure de la fenêtre, ça suffit ?

— Ouais, c'est de là que j'ai opéré, ça marche au poil et on ne peut pas nous repérer. Attention, Parsec arrive !

— Oui, je le vois aussi. Qu'est-ce qu'ils font, on dirait qu'ils s'embrassent ?

— C'est exactement ça, ils se roulent une pelle… Montfort avait raison.

— Bon, je branche l'ampli du micro et je lance la bande. Maintenant, motus, on écoute.

Querzec met un moment à mettre au point l'angle du micro. En attendant, il capte toutes sortes de signaux sonores. Lorsqu'enfin il assure sa visée, le son est d'une netteté surprenante. Ils peuvent même reconnaître le timbre calme et rocailleux de la voix de Oueldecq.

— Alors ma poule, qu'est-ce qui t'arrive pour que tu déboules, affolée, en plein milieu de ton travail ?

— J'ai eu un coup de fil bizarre, il faut que je te raconte. J'ai besoin d'une bière, tu as quelque chose ?

Le ton nerveux de Parsec contraste de façon saisissante avec la tranquille assurance de son comparse.

Oueldecq disparaît quelques instants et revient avec deux canettes de bière.

— Tchin !

— Tchin !

Ils aspirent une goulée avidement.

Oueldecq attend patiemment les révélations de son amant. Après quelques secondes de silence, Parsec parle enfin.

— Un tordu m'a appelé cet après-midi. Un garagiste…

Nouvelle pause.

— Il prétend qu'il a les pare-chocs du 4 x 4.

— Duquel ?

— Fais pas l'idiot, je parle du Land Rover de l'an dernier.

— Je comprends pas, tu l'as bien vendu après le… après l'incident ?

— Ben oui, je l'ai vendu. Le garagiste dit qu'il a besoin de l'accord du propriétaire avant de se débarrasser des pièces. Ce serait un nouvelle charte de qualité, ou quelque chose comme ça.

— J'ai entendu parler de cette connerie, c'est une nouvelle invention d'avocats bidons ou de technocrates. Pour éviter les contestations, certains garages conservent les pièces changées quelques mois. Ce que je ne comprends pas, c'est en quoi ça te regarde toi, et pas le nouveau propriétaire…

— Ce “louf” aurait dit de voir ça avec moi.

Ils restent songeurs un long moment. De l'autre côté de la rue, c'est le même silence qui pèse sur

Querzec et Justine. L'œil collé à la lunette, Justine hasarde quelques mots à voix basse :

— J'espère qu'ils vont en dire plus, on ne peut rien faire avec ça…

— Chut, écoute !

Quelques instants plus tard, Parsec reprend la parole :

— Alors, qu'est-ce que tu en penses ?

— Je ne sais pas, j'hésite entre une connerie de garagiste, une de plus, et un piège des flics.

— La police ? Tu crois qu'elle nous aurait dans le collimateur ?

— Je ne crois pas, ils n'ont aucune piste. Nous portions tous des gants, pas de danger qu'ils aient recueilli des empreintes sur les lieux !

— La barre de fer, tu es sûr qu'elle a disparu ?

— Je l'ai glissée dans une carcasse de bagnole dans la casse des frères Habaas.

— Oui mais si ça se trouve, elle y est encore…

— Aucun risque, tu penses bien que j'ai choisi une carcasse qui devait se faire compresser le lendemain. Elle était déjà en place sous l'aimant de la grue.

Quelques sonores gorgées de bière, suivies de bruits disgracieux, parviennent jusqu'à Querzec et Justine. C'est à ce moment que déboule Montfort.

— Alors, ça marche ?

— Chut ! répondent en chœur les deux autres.

Montfort s'assied en maugréant. En déplaçant sa chaise, il réussit à faire du bruit et s'attire des regards furibonds de Justine. En face, le dialogue reprend, levant peu à peu le voile sur la véritable nature de ses auteurs.

— Je l'aurais bien gardée, la barre, dit Parsec. Ça aurait fait un souvenir.

— C'est pas le moment de faire le mariole. C'était une juste punition, pas une partie de chasse pour le plaisir. Alors, ni gloriole, ni trophée…

— OK, d'autant que si trophée il y avait, il te reviendrait de droit.

— Ouais, j'étais le seul à avoir assez de couilles pour conclure. Vous êtes tous des chiffes molles !

— C'est pas ça, mais tu étais si beau, dans cette violence et cette cruauté !

— Sûrement, puisque c'est juste après que tu as fini par céder à mes avances…

Ils s'embrassent.

— Du calme, dit Oueldecq en repoussant Parsec, on mettra le couvert après. Il faut régler cette question du garagiste.

— Qu'est-ce qu'on fait ?

Oueldecq hésite un peu, puis il prend sa décision.

— Voilà ce que tu vas faire. Tu dis que tu veux récupérer les pare-chocs, histoire de voir si le garagiste t'a raconté des conneries.

— S'il les a ?

— Ils suivront le même chemin que la barre de fer.

— Et s'il ne les a pas ?

— On avisera. Même si c'est un piège des flics, ça leur fera un belle jambe.

— Tu es sûr du silence des deux autres ?

— Quels deux autres ?

— Ben, les deux types qui étaient avec nous…

— Tu sais bien qu'on les tient. Les dossiers sont en lieu sûr.

— Ouais.

Ils finissent leur bière.

— Ils me donnent soif, les salauds ! dit Montfort.

— Tu vas la fermer, oui ?

Après quelques secondes de silence, Oueldecq se lève.

— Viens, j'ai une surprise.

— Quel genre de surprise ?

— Une cassette vidéo.

— Chouette, c'est croustillant ?

— Tu verras.

— D'où tu la tiens ?

— Une commande de Zontiev. Bon, tais-toi et viens, on a mieux à faire que de rester planté là.

Parsec se lève et suit Oueldecq. Les deux hommes disparaissent. Querzec éteint le micro, Justine se redresse et se frotte l'œil qui était collé à la lunette.

— C'est dans la boîte, dit Querzec.

Il sort une bobine de fil de sa poche, et on ne sait si l'air réjoui qu'on lit sur sa bobine, à lui, résulte de ce simple petit plaisir ou de la scène qui vient de s'écouler.

— Excellente ta petite farce, Querzec. Mais dis-moi, comment tu savais que Parsec débarquerait chez son mec ? demande Justine en le couvant des yeux.

— Je n'en étais pas sûr. Mais dans le couple qu'ils

forment, il est clair que c'est Oueldecq le caractère fort, le maître. Alors, si on arrivait à affoler Parsec, il y avait une petite chance qu'il réagisse en se précipitant chez l'autre.

Il sourit et ajoute :

— Et puis pour une fois que c'est un poulet qui fait la farce, on ne va pas se plaindre.

— Bien vu, rigole Justine.

— "Mouais", le coup de bol, quoi ! dit Montfort de mauvaise grâce.

Querzec ne se formalise pas des bouderies de son collègue. Il sait qu'il tient là de quoi mettre les deux suspects en garde à vue et ça lui suffit amplement.

— Bon, Querzec, on les cueille ? dit Justine, impatiente.

— Pas tout de suite.

— Comment ça, pas tout de suite ? Ils ont mordu à l'hameçon, on n'a plus qu'à ferrer !

— Pas si sûr. Si tu réfléchis bien, il n'y a pas, dans ce qu'ils ont dit, de quoi prouver de façon formelle qu'ils ont tué Pernin. Il faudra trouver d'autres éléments de preuve. En plus, j'espère bien attraper un plus gros poisson au passage.

— Zontiev ?

— Tout juste !

Tout juste…

VIII

La Passion selon Saint Mathieu emplit de ses volutes mineures l'espace majestueux du salon de lecture. Apolline aime ces fins d'après-midi où elle partage avec ses parents de longs moments de quiétude à jouer aux dames, lire ou parler tranquillement en écoutant Bach, Mozart, Satie ou Debussy. Depuis son plus jeune âge, sa mère lui propose un ou deux ouvrages à lire par semaine. Apolline s'en remet sans aucune hésitation à ses suggestions. Elle se souvient qu'à quinze ans, elle a lu, sur ses recommandations, *Le Château de ma mère*, immédiatement suivi de *J'irai cracher sur vos tombes*. Les convenances de Pagnol balayées par les invocations sexuelles et misanthropes de Vian, quel sens du contraste pour éveiller une adolescente aux plaisirs littéraires !

Le salon de lecture occupe, dans la demeure de ses parents, une partie de l'aile ouest. Il offre un sentiment de confort et d'intimité encore renforcé, selon la saison, par les rais chauds du soleil déclinant sur l'horizon ou par le feu qui crépite dans la cheminée. Pour l'heure, Apolline est allongée, la tête sur les genoux de sa mère. Dans ses longues mèches blondes, les rayons solaires jouent à cache-cache avec les doigts aristocratiques de sa maman. Elles sont bien, toutes les deux, plongées dans leurs lectures. Aussi, lorsque le téléphone sonne, c'est à contrecœur qu'Apolline se lève pour décrocher le combiné.

— Allô ?

— Apolline ?

— Oui.

— C'est moi, Boris.

— Ah !

— Tu... tu n'es pas contente de m'entendre ?

— Je crois qu'il faut qu'on parle. On peut se voir ?

— Bien sûr, mais je ne tiendrai pas jusque-là, je suis sur des charbons ardents. On ne peut pas se parler, là tout de suite, au téléphone ?

— Attends...

Elle pose le combiné et se tourne vers sa mère.

— Maman, je prends la communication dans ma chambre. Tu pourras raccrocher quand j'aurai pris ?

— Va, ma chérie.

Apolline franchit le long couloir qui conduit à l'escalier imposant, le grimpe tranquillement et pousse la porte de sa chambre. On jurerait une chambre de jeune fille avec les peintures aux tons pastels, les poupées de collection posées partout et les peluches omniprésentes. Elle décroche et dit :

— C'est bon, Maman, j'ai pris.

Elle attend le bruit caractéristique du poste qui raccroche.

— Boris, tu es là ?

— Oui. Ça me fait drôle que tu m'appelles "Boris".

— Écoute, je crois qu'il vaut mieux qu'on reste un moment sans se voir.

— Comment ça ? Et pourquoi ?

— J'ai besoin d'un peu de temps pour réfléchir.

— Réfléchir ? Dis-moi la vérité, je préfère. Tu as rencontré quelqu'un ?

— Oui, mais là n'est pas tellement la question. Je…

— Ah, tu trouves ? Tu m'annonces ça comme ça, comme tu m'annoncerais que tu t'es acheté une nouvelle robe !

— Ça m'étonnerait, je n'ai pas fait d'achats ces derniers temps…

— Arrête, il n'y a pas de quoi rire !

— Ne dramatise pas, non plus. Ce qui arrive n'est pas si important que ça, nous sommes jeunes après tout. La question n'est pas vraiment de savoir si j'ai quelqu'un d'autre.

— Je te trouve gonflée ! C'est quoi alors, la question ?

— La question, c'est que, ces derniers temps, je n'étais plus vraiment heureuse avec toi.

— On peut savoir pourquoi ?

— Tu ne faisais plus attention à moi. Tu te comportais comme si tu considérais m'avoir gagnée de façon définitive. Tu ne faisais aucun effort pour m'écouter, pour savoir ce qui me ferait plaisir.

— Arrête, on dirait un roman à l'eau de rose…

— Justement, tu t'es comporté comme leurs héros égoïstes et trop sûrs d'eux. D'ailleurs, on va continuer dans ce registre : oui, j'ai passé une nuit avec un mec ; oui, c'était bien…

Boris laisse s'écouler un long moment. Il a peur que sa voix chevrote.

— Ne me dis pas que c'est ce vieux crabe de "Môssieur" Félix.

— Ça ne te regarde pas.

— Tu es amoureuse de lui ?

— Trop tôt pour le dire. En tout cas, il s'occupe bien de moi, il m'écoute, il me fait rire. Il me respecte.

— Arrête ! J'en ai assez entendu…

Il respire un grand coup. Une immense tristesse lui glace le cœur. Il entend le souffle calme d'Apolline à l'autre bout du fil, ce souffle qu'il aime tant entendre s'accélérer.

— Je ne sais pas quoi te dire, j'ai trop mal. J'espère que ce n'est qu'une passade.

Elle se tait toujours. C'est à lui de parler, après tout. Il hésite entre laisser exploser son orgueil blessé et se raisonner pour ne pas tomber dans le travers qu'elle vient de lui révéler. Un long silence s'écoule.

— Je vais réfléchir, peut-être que tu as raison. Il est possible que je n'aie pas été à la hauteur. Je te laisse, tu sais où me trouver. N'oublie pas que je t'aime, je t'attendrai.

— Au revoir.

Et ils raccrochent.

*

*   *

Boris reste un long moment prostré près du téléphone. Il est comme abruti de douleur, il n'en revient pas de sentir de grosses larmes couler sur ses joues. Il se sent amorphe, dépourvu de tout ressort. Comme un zombie, il se lève et sort de chez lui, mécaniquement. Dehors, il marche sans but précis. Il n'a de goût à rien, il a juste besoin de marcher, de sentir l'air doux courir sur son visage. Dans les rues calmes, les couples qui se tiennent par la main ou par la taille constituent un spectacle insoutenable.

Après une heure de marche au hasard, il se retrouve face au garage où il a installé son atelier. Le hasard aurait-il une mémoire clandestine, au nez et à la barbe des mathématiciens ? En tout cas, Boris regarde la double porte machinalement, sans d'abord la reconnaître. Puis l'air familier qu'il lui devine confusément trouve le bon tiroir dans sa mémoire. C'est chez lui, son vrai chez lui. Finalement, il est content d'échouer là, près de son antre. Il fouille dans les poches de son blouson de toile légère, donne un coup de clé puis la remet dans une poche de son pantalon. La porte s'ouvre, il entre.

À une vingtaine de mètres de là, dissimulé derrière un journal grand ouvert, Oueldecq voit ses efforts récompensés.

— Ouf. Je commençais à me demander s'il n'était pas complètement “louf”, ou s'il ne m'avait pas repéré. Une heure qu'il marche au hasard, j'en avais ma claque ! J'espère qu'il ne va pas s'éterniser.

Il sait qu'il doit se préparer à une longue attente.

Peu importe, il fait beau, même si le jour commence à décliner doucement. Un coup d'œil circulaire lui permet de repérer dans ces rues quasiment désertes un banc peu éloigné, d'où il pourra guetter le départ de Boris.

Dans son atelier, Boris retire lentement son blouson. Son regard parcourt le chantier généralisé. Sur le grand établi de bois, les différents éléments de son invention pour les hors-jeu sont soigneusement rassemblés, prêts à être emmenés pour les premiers tests. Il les regarde avec tristesse. Son invention n'est-elle pas la source de ses déboires amoureux ? Après tout, si Apolline a rencontré et côtoyé cet enfoiré de Monsieur Félix, c'est bien à cause de son foutu dispositif. Il s'approche d'un air menaçant vers les amas électroniques, lève la main comme pour balayer le tout d'un revers rageur… et tombe finalement assis par terre, les épaules basses. Inutile qu'il se mente, ce Monsieur Félix n'a pas grand-chose à voir dans ce qui leur arrive. Leur relation s'est dégradée parce qu'il n'a pas su en prendre soin, voilà tout ! Il se sent vidé, nul, sans envie. Sauf peut-être celle de se prendre une bonne cuite.

Voilà ce qu'il a de mieux à faire : retourner chez lui, prendre sa voiture et partir dans le centre-ville pour boire jusqu'à ne plus se souvenir de rien.

Tranquillement installé sur son banc, Oueldecq n'en revient pas de voir Boris déjà ressortir. En le regardant disparaître au coin de la rue, il a le sentiment bizarre d'être gêné par un détail qui cloche.

Bon, peu importe. Le champ est libre. D'un côté, un petit virage dans la rue l'empêche de contrôler les arrivées. Il va jusqu'à l'angle pour s'assurer que personne ne vient. Vide. De l'autre côté, c'est désert également : il dispose de la trentaine de secondes nécessaire au crochetage de la porte.

Lorsqu'il pénètre dans la pénombre de l'atelier, Oueldecq est pris d'un doute : comment va-t-il, avec les maigres et confus renseignements de Zontiev, identifier le mécanisme en question au milieu de ce fatras d'appareils électroniques. Mais il a vite fait de repérer sur la table de bois un ensemble qui ressemble étrangement à ce qu'il cherche. Il s'approche et détaille l'ensemble des pièces posées là.

— Alors… quatre piquets métalliques, le boîtier électronique avec l'antenne réceptrice en forme de petit radar, et ça… je parie qu'il s'agit d'une disquette avec le logiciel… Un CD gravé, c'est pareil. Gagné ! En plus, cet idiot a mis un papier d'explications avec le schéma général. Bon, on dirait qu'il a fait exprès de tout préparer pour moi. Merci, vieux !

Il range avec précautions les différentes pièces dans le sac en toile qu'il a apporté. Au moment où il termine, il aperçoit le blouson de Boris posé sur une caisse retournée.

— Merde, ce con a oublié son blouson ! Je me disais bien que quelque chose clochait, quand il est reparti. D'ici à ce qu'il rapplique pour le récupérer ! J'ai intérêt à décarrer rapidement.

Moins de deux minutes plus tard, il contrôle que la voie est libre et s'enfonce dans le crépuscule après avoir soigneusement tiré la porte derrière lui.

*

* *

Une demi-heure à peine s'est écoulée lorsque Boris gare sa voiture devant l'atelier. Il s'est aperçu en arrivant chez lui qu'il avait oublié son blouson. Ses clés étant dans la poche de son pantalon, il a pu prendre la nouvelle avec philosophie. Le temps de se changer et de choper au passage une bouteille de whisky – au cas où – et il était déjà au volant de sa voiture.

Il glisse la clé dans la serrure. À sa grande surprise, il n'arrive pas à la tourner plus d'un petit quart de tour. Ce n'est qu'après une bonne minute de vaines tentatives qu'il se dit que peut-être la porte n'est pas fermée. Et, effectivement, elle s'ouvre sans opposer de résistance, lorsqu'il fait tourner la poignée.

— Bizarre, j'étais sûr d'avoir fermé…

Il entre. Dès les premiers pas, il se rend compte que quelque chose ne va pas. L'ordonnancement général de la pièce a imperceptiblement changé, même s'il est impossible de savoir en quoi. Son regard parcourt plusieurs fois l'ensemble de la salle sans être accroché et, paradoxalement, c'est ça qui cloche.

Soudain, la nudité de la surface de l'établi semble lui crever les yeux.

— Merde, c'est quoi ce bordel ?

Il allume et se précipite jusqu'à la table de bois. Incrédule, il passe plusieurs fois le plat de la main sur la surface vide. Son cœur bat à tout rompre, il a l'impression vertigineuse de vivre un cauchemar dans lequel il tomberait dans un puits sans fond pour de vrai.

— Putain ! Mais, c'est pas possible ! Où c'est passé ?

Refusant d'admettre l'évidence, il cherche comme un fou son appareil : ne l'a-t-il pas inconsciemment déplacé avant de quitter les lieux ? Un tremblement de terre, un étrange phénomène de télékinésie ont-ils pu contrarier le délicat agencement de ce lieu dont il connaît chaque centimètre cube ?

Pendant un quart d'heure, il retourne chaque objet de la pièce, fouille fébrilement les coffres et placards, ausculte et scrute chaque recoin. Pour s'effondrer, impuissant, vaincu, désespéré. Il doit se rendre à l'évidence : la porte ouverte, l'appareil disparu : on lui a volé son invention !

En une journée, il a tout perdu.

Pour la première fois de sa vie, il se sent totalement désemparé. Il n'a qu'une envie, disparaître. Il se lève et va chercher la bouteille de whisky dans la voiture. De retour à l'intérieur de l'atelier, il s'allonge sur le solide établi de bois qui a si souvent accueilli leurs étreintes et boit une longue lampée du puissant élixir. Il joue distraitement avec les feuilles et les stylos qui traînent là. De grosses gouttes d'eau salée viennent s'écraser sur la blanche virginité d'une page, comme posée là pour recueillir sa tristesse.

Dehors, la nuit impose peu à peu son fusain au ciel d'été.

*

* *

Allongée dans les draps blancs de son grand lit, Apolline sourit dans la lumière du matin frais. Elle vient d'avoir Monsieur Félix et il a décidément le chic pour la faire rire, même au lever. Pourtant, elle a décliné son invitation pour ce soir. Hier, après sa conversation avec Boris, elle a eu un vague à l'âme qui l'a surprise. La réaction de son ami a été tellement juste ; il aurait pu nier sa responsabilité dans leur éloignement. Au contraire, il a su reconnaître ses torts, sans perdre sa dignité. Finalement, il lui manque. Déjà ! Elle décide de passer chez lui, sans prévenir. Après tout, il y a deux jours c'était presque chez elle et elle y a de nombreuses affaires…

Elle est encore en pyjama, un joli pyjama vert pomme de coton fin mélangé de soie. Elle s'habille d'une petite jupe bleue et d'un T-shirt blanc. Comme il fait beau, elle décide de profiter du soleil à vélo. Une vingtaine de minutes passées à rabattre sur ses cuisses, pour la forme, la jupe qui joue avec le vent coquin.

Boris habite une résidence chic, route de la Corniche. Apolline tape le code d'entrée devant la lourde grille métallique qui s'ouvre en bâillant. Elle la pousse avec difficulté puis entre en tirant son vélo derrière elle. La voilà devant le panneau des interphones. Bien qu'elle ait les clés, elle décide de sonner ; elle a en mémoire tellement de scènes lues ou vues au cinéma dans lesquelles celui qui débarque à l'improviste provoque la catastrophe !

Elle sonne et attend, excitée à l'idée d'entendre la joie de Boris. Mais rien. Ça ne répond pas. Elle insiste, sonne à nouveau longuement. Décidément, il n'y a personne. Elle n'aime pas ça… Normalement le dimanche, il fait la grasse matinée. Ou alors, il dort profondément ? Mais non, elle connaît bien la sonnette, il y a de quoi réveiller un mort… Elle a un pressentiment désagréable, il faut qu'elle monte.

Elle laisse le vélo dans le hall d'entrée. L'appartement est au premier, elle grimpe lestement par l'escalier. Arrivée devant l'appartement F, elle frappe vigoureusement à la porte. Pas de réponse. Elle glisse la clé dans la serrure et entre. Tout est calme, elle appelle :

— Boris ?

Le silence revient, lourd, implacable. Personne dans la cuisine, personne dans la grande pièce, personne dans la salle de bains. Tout est étrangement calme, comme habité d'une fausse sérénité. Au bout du couloir, la chambre reste la seule pièce qu'elle n'a pas visitée. Elle s'avance lentement, une boule au ventre. Elle repousse légèrement la porte entrebâillée. Personne…

Le lit n'est même pas défait, seul un T-shirt est jeté en boule sur le couvre-lit. Elle se demande où il a passé la nuit. Après ce qu'elle lui a annoncé hier, rien d'étonnant à ce qu'il ne soit pas rentré. Il a pu dormir chez Serge ou chez un autre ami. Ou amie. Ou alors, il a picolé plus que de raison et a fini la nuit n'importe où.

« Le garage ! » L'intuition vient de lui traverser le cerveau comme un éclair zèbre le ciel. Qu'il ait décidé de travailler toute la nuit ou atterri là après une soirée de beuverie, il est fort possible qu'il y soit encore. Le sourire lui revient à l'idée de retrouver ce lieu empreint de tant de souvenirs. C'est là-bas qu'ils ont fait l'amour la première fois et cela reste pour elle un lieu de plaisir atypique et magique.

Quelques minutes plus tard, elle pédale à nouveau dans l'atmosphère estivale. Le sourire aux lèvres, elle sent ses longs cheveux danser dans l'air, complices de la jupe volage. Il lui faut moins d'un quart d'heure pour parvenir au garage.

Sa déception est réelle lorsque, la porte passée, elle constate qu'il n'est pas là. Elle s'avance doucement vers l'établi de bois qui a accueilli si souvent leurs étreintes. C'est un mélange de nostalgie et de mélancolie qu'elle ressent, elle aimerait tellement qu'il soit là, qu'il la prenne dans ses bras avant de l'allonger sur la douce surface de bois. Parvenue au pied de la table de chêne, elle remarque la bouteille de whisky aux trois quarts vide. Elle sourit tristement en la prenant.

— Pauvre chéri !

En reposant la bouteille, elle remarque de nombreuses pages recouvertes de lignes écrites de la main de Boris. Plus heurtée et moins régulière que d'habitude, son écriture témoigne d'une agitation mentale qu'on pourrait aisément attribuer au trouble sentimental tout autant qu'aux vapeurs éthyliques et tourbeuses. Elle saute légèrement en se tournant pour poser ses petites fesses superbes sur l'établi. Les feuillets sont numérotés, elle prend le premier et se met à lire. Les mots sont jetés de façon confuse, elle peine à déchiffrer le texte :

« *Apolline, vivre sans toi, c'est sûrement mieux que de mourir. En théorie, peut-être. Alors comment survivre à ce chagrin ?*

Les douze travaux d'Hercule pour survivre à un chagrin d'amour :

1 - Arrêter de vivre comme si on était une partie d'elle.

2 - Réussir à faire le tour du pâté de maison sans penser à elle.

3 - Regarder les autres filles, avoir envie de les séduire.

4 - Retrouver son autonomie. Apprendre à vivre seul. Voir le monde sans prisme – voir autrement qu'à travers elle.

5 - Redonner un contenu, un sens aux journées, aux nuits.

6 - Se convaincre qu'on peut vivre avec les souvenirs, sans les rayer de sa mémoire.

7 - Renoncer à ce fol espoir de la revoir. Ne pas réduire sa vie à une permanente et aliénante attente. Ne pas renoncer, finalement.

8 - Ne pas se précipiter sur les messages téléphoniques.

9 - Cesser de considérer le téléphone comme un traître ou un ennemi mortel. Dissimuler aux autres les regards de haine qu'on lui porte. Ne plus vérifier qu'il est bien branché.

10 - Maîtriser les bouffées de sanglots que provoque la moindre complainte de jazz. Horreur, Julio Iglesias ferait-il du jazz ?

11 - Continuer de fréquenter les lieux chargés de souvenirs avec elle. Boire moins, manger plus. Se perdre. Vouloir guérir ?

12 - Relire tout Tolstoï, tout Dostoïevski.

13 - Réapprendre les sensations simples : gorger d'eau une éponge sèche, la presser doucement. Y mélanger eau froide, eau très chaude. S'apercevoir que chaud et froid ne fait pas tiède, mais chaud et froid.

14 - Oublier sa peau, sa respiration, ses yeux mi-clos. Oublier les arrêts cardiaques, les comas. Nous oublier. Oublier l'oubli de soi, la dilution de soi en elle, la communion des âmes. Revenir à une perception uniquement mathématique de l'infini.

15 - Renoncer. Être avec soi, seul, dorénavant. Ne plus être à elle, n'être qu'à soi. Triste… Ne pas renoncer, finalement.

16 - Réapprendre à compter jusqu'à douze.

17 - Être silencieux, fidèle, là si besoin. Mais accepter de ne pas être le film photographique sur lequel se révélera, peu à peu, sa vie. Se taire. »

Apolline sent de lourdes larmes rouler sur ses joues de soie.

— Dieu qu'il m'aime…

Dans son cœur bouleversé, les sentiments contraires s'entrechoquent.

Bien sûr, ces derniers temps, l'attitude de Boris n'a pas été ce qu'elle attend de celui qu'elle aime. Mais n'est-ce pas en raison du stress provoqué par son invention si proche d'aboutir ? Elle sent combien elle l'aime quand il est vraiment lui-même, attentif, prévenant, drôle, plein de surprenantes initiatives. Elle en est sûre, il a compris le message qu'elle lui a passé en lui révélant son aventure avec Monsieur Félix. Maintenant, il faut qu'elle lui dise qu'elle l'aime.

Au fait, Monsieur Félix, que va-t-elle faire de lui ? C'est un type bien, elle aimerait bien rester amie avec lui.

De toute façon, il a de l'expérience, il comprendra qu'elle ait été séduite mais que son avenir est maintenant aux côtés de Boris. Ces deux-là devraient pouvoir s'entendre, après tout ne sont-ils pas en discussions d'affaires ?

*

* *

— Suivez-moi, le commissaire Querzec va vous recevoir.

Boris se lève péniblement. Que de monde sous son crâne ! Il suit la petite “fliquette” mécaniquement, sans même poser les yeux sur ses fesses serrées dans l’uniforme bleu, comme il le ferait en temps normal.

— Monsieur Bogard pour vous, Commissaire. Entrez !

Boris entre et va jusqu’au bureau où Querzec est assis, une pelote de fil entre les doigts.

— Bonjour, Commissaire, dit-il en s’asseyant sans attendre qu’on le lui propose.

— Salut, Bogard. Dites-moi, ça a l’air dur pour vous ce matin, vous avez des petits yeux.

— Mouais, j’ai carrément un peu la gueule de bois.

— C’est pour porter plainte contre une marque de whisky que vous débarquez un dimanche matin ?

— Y’aurait sûrement de quoi, mais non. C’est plus sérieux.

— Bon. Alors, j’imagine que vous avez du nouveau à propos du meurtre de votre ami Pernin ?

— Non, ma visite n’a rien à voir. Je viens porter plainte pour vol.

— Pour ça, mon petit ami, vous pouviez vous adresser à mes collègues à l’accueil.

— Je n’ai pas spécialement demandé à vous voir. Ce sont eux qui m’ont amené ici quand j’ai donné mon nom.

— Bon, puisque vous êtes ici, de quoi s’agit-il ?

— J'ai été cambriolé hier soir. On m'a volé un ensemble d'objets très importants.

Querzec semble absent. D'ailleurs il ne prend aucune note, ses doigts sont trop occupés à démêler les nœuds.

— Des objets ? Quel genre d'objets ?

— Les pièces d'un appareil électronique. J'ai mis au point une invention…

— Diable ! À quoi sert cet appareil ?

— Le brevet n'est pas encore déposé, je ne sais pas si je peux…

Querzec le regarde en souriant.

— Vous pouvez parler, je suis flic mais pas ripou.

— C'est un dispositif qui permet de juger les hors-jeu automatiquement.

— Tiens, c'est intéressant ! Ah, mais je vois d'où vous est venue l'idée… Vous n'avez pas digéré l'agression de votre ami, hein ?

— Ça, ça me regarde.

— Tout juste. Où a eu lieu le vol ?

— Dans mon atelier, un garage que j'ai aménagé et où je travaille à mes inventions depuis quelques années.

— On vous a volé autre chose ?

— Non, c'est tout. Le voleur savait visiblement ce qu'il venait chercher.

— Bien. Mes collègues vont prendre votre déposition. À tout hasard, vous avez une idée du coupable, quelqu'un qui aurait eu vent de votre travail ?

— Plus que des soupçons : je suis quasiment sûr

que le coup vient d'un type que je connais sous le nom de Monsieur Félix.

Les doigts de Querzec cessent subitement de s'agiter. Il pose la bobine de fil sur le côté du bureau et se redresse brusquement en regardant Boris droit dans les yeux.

— Vous voulez parler de Félix Zontiev ?

— Je ne sais pas, je ne connais que son prénom.

— Que savez-vous de lui ?

— Eh bien, presque rien. Il est manager de footballeurs professionnels, je crois…

— Savez-vous s'il est impliqué dans des actions sociales, des œuvres caritatives ?

— Oui, même que ça me gonfle copieusement, j'ai l'impression qu'il fait ça pour donner le change.

— C'est bien de Félix Zontiev qu'il s'agit ! Ça change tout, mon petit ami. Zontiev est un salopard que nous essayons de coincer depuis longtemps. Vos renseignements peuvent s'avérer précieux. Venez avec moi, on va regarder ça ensemble.

Boris se lève péniblement pour le suivre. Il hésite entre la satisfaction de voir que Monsieur Félix est bien l'ordure qu'il pressentait et le désespoir de ne pouvoir aller se coucher tout de suite. Puis il pense à Apolline. Mon Dieu, et si elle était en danger au contact de ce Zontiev ?

*

*   *

C'est maintenant comme un rite, à chaque fois qu'ils se déplacent tous les trois, c'est Justine qui conduit.

Ça fait franchement rigoler Montfort ; lui, le macho n'a pas l'habitude de laisser une femme prendre le volant lorsqu'il est dans une voiture. Mais Querzec ne veut rien savoir, c'est elle qui conduit, un point c'est tout ! Il se laisse conduire sans avoir le moins du monde peur, il doit être inconscient. Ou alors il feint de l'être. Justine est toute guillerette.

— Dis donc, Querzec, tu as mis le temps mais finalement, on va la faire, cette “perqui”.

— Tout juste. J'ai assez d'éléments pour les coincer tous.

— Ça t'arracherait la gueule de nous dire de quoi il retourne, bougonne Montfort. Justine ! Fais gaffe, bon Dieu, t'as failli accrocher ce cycliste !

— Tu vois le mal partout, répond Justine en riant. Je ne l'ai pas touché, c'est ça qui compte, non ?

— Suffit, vous deux ! Je me demande comment je fais pour bosser avec une équipe de mômes qui passent leur temps à se chamailler. Bon, on fait la perquisition dans les règles, je ne veux pas de cafouillage ni de bavure.

— Oui, Papa ! répondent les deux autres dans un bel ensemble.

Ils roulent tranquillement dans leur Laguna banalisée. Querzec a une sainte horreur des gyrophares lorsqu'il approche le gibier. Il n'est pas midi lorsqu'ils se garent devant l'appartement de Oueldecq.

— Tu crois que Parsec est là aussi ? demande Justine.

— Pourquoi, ça t'exciterait de les voir ensemble au pieu ?

— Montfort, ta gueule ! Si tu ne changes pas de registre, je te laisse planté là et j'y vais seul avec Justine.

— Ça va, ça va, je la mets en veilleuse. Je veux pas rater l'apothéose finale.

— C'est redondant.

— Qu'est-ce que tu racontes, minette ?

— Je dis que “apothéose finale”, c'est redondant.

Montfort prend un petit air flatté.

— Merci ! dit-il simplement.

Querzec et Justine échangent un regard complice. Montfort n'est pas un champion de sémantique appliquée. Et ils ne lui en veulent pas : sorti de l'école très tôt, il est comme il le dit : « un autodidacte qui s'est fait tout seul », et n'y connaît rien en pléonasmes redondants. Ils arrivent devant la porte de l'immeuble.

— C'est quoi, le code, déjà ? demande Querzec.

Justine sort les notes prises lors de leur planque.

— 26B35.

Querzec pianote et la porte émet le petit clic caractéristique.

— Tout juste !

Ils pénètrent dans l'immeuble cossu. Le hall d'entrée, large et haut, témoigne d'un standing que seuls de riches locataires ou de nantis propriétaires peuvent s'offrir. Le marbre du sol est recouvert d'un tapis profond qui amortit le bruit de leurs pas jusqu'au bas de l'escalier. D'un coup de menton, Querzec désigne l'escalier à Montfort. Sans protester, celui-ci grimpe à pied les trois étages pendant que les deux autres prennent l'ascenseur exigu.

Ils se retrouvent sur le palier du troisième, face à l'appartement de Oueldecq. Justine et Montfort mettent discrètement la main sur leur arme de poing et se postent sur les côtés de la lourde porte.

Querzec, lui, garde tranquillement les mains dans les poches. Il s'approche du battant et appuie sur le bouton de sonnette en faïence. De l'autre côté de la porte retentit un gong étouffé.

Quelques instants plus tard, des pas lents résonnent sur le plancher. Pour autant, la porte ne s'ouvre pas et ils sentent tous le poids de l'œil rivé sur eux à travers le judas.

Ils connaissent l'expérience de Oueldecq et sont prêts à faire face à toute éventualité. Si Oueldecq a quelque chose à dissimuler, il risque de faire des difficultés à les laisser entrer.

Pourtant, le verrou tourne et la porte s'ouvre. Oueldecq porte un jean et un polo blanc immaculé. La barbe de trois jours lui donne un air de barbouze d'intérieur.

— Ça faisait longtemps, Querzec. Entrez !

Ils entrent derrière lui et le suivent jusqu'au salon.

— Asseyez-vous. Je présume que vous avez encore des questions à me poser ?

— Nous ne sommes pas venus faire causette cette fois-ci, Oueldecq. Il s'agit d'une perquisition.

Oueldecq tente de masquer sa surprise, mais un clignement d'œil mal maîtrisé le trahit.

— Ah, diable ! Vous avez décidé de perdre votre temps ?

— Tout juste. Enfin nous verrons. Vous êtes seul ?

— Ouais.

Oueldecq s'effondre dans un fauteuil profond et fait un geste circulaire du bras.

— L'appartement est à vous. Vous me faites signe quand vous avez fini. Faites gaffe de pas tout saloper.

Les trois flics se mettent au travail. Bien que la perquisition soit un exercice fastidieux, ils aiment ce jeu de cache-cache où il faut percer les intentions dissimulatrices du suspect. Ils fouillent minutieusement les placards, visitent chaque encoignure, interprètent le moindre renflement dans un coussin, vérifient les murs derrière les tableaux.

Au bout d'une heure, ils ont retourné chaque recoin. Pourtant, rien. Ils sont bredouilles. Pas le moindre indice qui pourrait impliquer Oueldecq. Les trois flics se retrouvent dans la pièce principale, un peu déconcertés. Oueldecq est toujours assis au même endroit, un sourire goguenard au coin des lèvres.

— Vous espériez trouver quoi, sincèrement ? Si vous pensiez me jouer une mauvaise farce, eh bien c'est réussi. Bravo pour la brillante interprétation !

Querzec ne pipe mot. Il est sûr que quelque part

dans cet appartement, il y a de quoi faire tomber Oueldecq. Il regarde alentour : non, décidément, rien n'a pu leur échapper. Justine et Montfort tirent une tronche de deux pieds de long. Au-delà de la déception, ils n'en reviennent pas que Querzec ait pu se tromper. Mais il faut se rendre à l'évidence : ils ont fait chou blanc.

— Allez, on y va, dit Querzec sobrement.

— Revenez quand vous voulez !

Ils se dirigent vers la sortie. Arrivé à la porte, Querzec se retourne et embrasse du regard la grande pièce. Au moment où Justine et Montfort s'apprêtent à sortir, il dit brusquement :

— Un instant !

Les deux autres s'arrêtent et le regardent d'un air surpris. Le sourire de Oueldecq s'est brutalement figé.

— T'as quelque chose ? demande Justine.

— Je ne sais pas.

Il s'avance vers les rideaux qui décorent le bord des grandes fenêtres. Ils sont tenus par des embrasses torsadées, curieusement nouées. Ce sont ces nœuds qui semblent capter toute l'attention de Querzec. Il les touche, les retourne, les soupèse longuement, comme absorbé par de retorses pensées. Puis il porte un lourd regard vers Oueldecq.

— Levez-vous et suivez-moi !

Le visage de Oueldecq s'est durci. Il se lève lentement. Querzec passe dans la chambre, suivi par tout son petit monde. Montfort tient Oueldecq à l'œil, il ne s'agit pas de relâcher la surveillance avec un personnage de cet acabit. En arrivant dans la pièce, Querzec s'avance vers le renfoncement qui fait office de placard. Justine remarque alors que le rideau qui le ferme est tenu sur la barre transversale par deux cordons noués de la même façon que les rideaux du salon. Querzec arrache le tout d'un coup sec et se met à sonder les murs sur le côté en tapant du poing. Oueldecq assiste, muet, à ce travail de recherche. Il est visiblement tendu, sa belle assurance a disparu. Soudain, le bruit sec et étouffé des phalanges fermées qui cognent les cloisons devient mat et ample : là, juste derrière, c'est creux, aucun doute.

Montfort est sur le qui-vive. Il a senti le tressaillement de leur suspect et a sorti son arme de poing, histoire de dissuader toute tentative de fuite. Querzec n'a besoin que de quelques minutes pour découvrir l'ouverture de la cache : les jointures de la petite porte murale sont astucieusement dissimulées derrière une structure en tubulure d'aluminium servant de support aux rangements de penderie.

— On dirait que tu nous faisais des cachotteries, ma grosse doudoune ? susurre gentiment Montfort à l'oreille de son protégé.

De la cache, Querzec extrait un ensemble de pièces électroniques qu'il n'a aucun mal à reconnaître comme étant l'appareil décrit par Boris, ainsi que trois cassettes vidéo.

— Bon, on embarque ça – il montre le butin – et ça – il montre Oueldecq. Montfort, tu passes les menottes à cet olibrius, je ne veux pas courir de risques.

L'olibrius arbore un sourire mauvais.

— J'espère que vous êtes sûr de ce que vous faites, Querzec. Vous savez sûrement que certaines de mes relations haut placées n'apprécieront pas votre travail de fouille-merde.

— Ça va, Oueldecq, pas entre nous !

Querzec n'a pas l'air impressionné pour un sou. Il s'est arrêté devant le placard et regarde fixement les chaussures rangées au pied des tiroirs.

Il y a là deux paires de baskets, des chaussures montantes de baroudeur et des souliers noirs habillés.

— Justine, trouve-moi un sac plastique propre et embarque-moi ces pompes.

— Ces pompes ? Mais pour quoi faire ?

— Fais ce que je te dis, je t'expliquerai plus tard.

Alors que les bracelets sont passés aux poignets de leur hôte, Justine s'exécute de mauvaise grâce. Elle revient de la cuisine avec un grand plastique d'hypermarché.

— C'est propre ? demande Querzec.

— Ça a l'air.

Elle prend les chaussures d'un air dégoûté et les enfile l'une après l'autre dans le sac. Alors qu'elle s'apprête à y mettre la deuxième paire de baskets, Querzec l'interrompt.

— Pas celles-là, elles sont trop neuves.

— Ah, bon !

Elle a renoncé à comprendre. Comprendre, ça viendra en son temps, elle le sait et a finalement appris à patienter – rien de moins naturel pour son tempérament de feu. Tout ce qu'elle comprend, c'est que dans ce vulgaire sac plastique – mais en existe-t-il d'autres ? – elle est en train de glisser ce qui, sans doute, fera tomber cette salope de Oueldecq. Et ça, ça la fait heureuse…

IX

Alors qu'il raccroche, Zontiev est pris d'un accès de rage incontrôlée.

— Petite garce ! Salope !

D'habitude, c'est lui qui donne congé, pas le contraire. Et là, il se fait poliment mais définitivement remercier alors que, tout attentionné, il l'invitait à assister à un spectacle ce soir. Congédié sans autre forme de procès ! Non, mais c'est insensé ! Pour qui se prend-elle ? Il jette le combiné par terre. La force du jet est telle que l'appareil éclate en dépit de l'épaisse moquette.

La colère, Zontiev la connaît bien. Il l'utilise souvent pour mobiliser son énergie, pour rassembler ses forces vitales au service d'un dessein particulier. Bien qu'apprivoisé, c'est un sentiment si fort, chez lui, qu'il masque tout le reste.

Enfin, d'habitude. Parce que là, quelques instants à peine après son geste de fureur, il sent qu'affleure déjà une sensation bien plus profonde, d'une gravité sans commune mesure avec sa blessure d'orgueil. Non, la plaie est plus sérieuse, il souffre dans sa chair. Bordel, que ça fait mal ! Il regarde son vaste bureau. Les meubles de bois noble et de verre fumé qui faisaient sa fierté lui semblent vains. Tout ce qui lui importe à cet instant précis, c'est cette brûlure au ventre qui l'empêche de réfléchir.

Apolline, merveilleuse et ensorceleuse Apolline, il ne la reverra plus. Ou pire, il la verra et ne pourra pas la serrer dans ses bras, pas la caresser, pas se repaître du regard excité des autres sur ses formes si sensuelles. Il ne pourra pas se perdre en elle, il ne la verra plus sombrer dans l'inconscience après le plaisir. Il l'a dans la peau ! Il la désire, il l'admire, bref, il l'aime ! À sa façon à lui : il a besoin d'elle, il a envie qu'elle soit à lui, à lui seul. Elle cristallise tout ce qu'il peut à présent espérer trouver auprès d'une femme, lui qui en a connu tant, des femmes, plus intéressées les unes que les autres.

Et pourquoi elle le quitte ? Pas vraiment à cause de leur différence d'âge, il a bien vu que ça lui était égal, elle ne s'intéresse qu'aux êtres, pas à leur apparence. Non, elle le quitte pour retrouver ce petit con, ce Boris sans expérience et sans talent, pour l'aimer. Il l'a bien vu, il ne lui accorde pas le dixième de l'attention qu'elle mérite. L'enfoiré ! Il mérite une bonne leçon. Non seulement il lui pique Apolline, mais en plus, il la traite comme moins que rien. Le pompon, c'est qu'il pourrait bien se pavaner à son bras, devant lui, Zontiev…

Une bonne leçon ? Il réfléchit. Quel genre de leçon ? Et s'il lui faisait casser la gueule par l'un de ses hommes de main ? Mouais, c'est une solution mais il n'est pas sûr d'en tirer tout le plaisir qu'il souhaiterait. D'un autre côté, c'est une bonne façon de ne pas se mouiller, il ne manquerait plus qu'il soit mêlé à une affaire d'agression.

Le téléphone sonne… C'est le socle qui sonne. Zontiev regarde piteusement les morceaux épars du combiné par terre. Il se lève, va dans la petite pièce adjacente et décroche un téléphone fixe.

— Allô ?

— Oueldecq.

— Ah, c'est vous ? Bonsoir ! Vous avez ma commande ?

— Je vous appelle du commissariat. C'est le seul coup de fil que j'ai le droit de passer, alors ne le gâchez pas ! Ils viennent de mettre la main sur un certain nombre de choses stockées chez moi. Temporairement, si vous voyez ce que je veux dire. Envoyez-moi tout de suite un avocat, et un bon. Sinon, c'est vous qui plongez avec moi.

Zontiev reste sans voix. Les ennuis, les vrais, semblent là.

— Mais comment se fait-il que…

— Devinez ! Votre petit protégé nous a balancés. Faut que je raccroche, j'attends votre avocat dare-dare.

— Je vous envoie Rozenwald.

Il raccroche et respire à fond. Ce n'est pas la première fois qu'il est confronté à de petits pépins judiciaires, il s'en est toujours bien tiré jusque-là. Rozenwald est un virtuose de la procédure, il trouve toujours une faille dans les pratiques grossières et approximatives des flics. Sauf que là, ça a l'air sérieux. Ils ont coincé Oueldecq en qui il avait une confiance totale. Cet abruti s'est fait pincer avec des pièces à conviction planquées chez lui. Il lui avait pourtant certifié que ce genre d'ennuis ne pouvait arriver. Quel con ! Et à cause de qui ? Encore ce petit fumier de Boris ! Décidément, sa leçon, il va l'avoir, et par Monsieur Félix en personne ! Et pas plus tard que tout de suite !

Les mâchoires serrées, Zontiev enfile sa veste. Il tire le tiroir de son bureau à fond, attrape une page arrachée à un petit carnet à spirale et vérifie les pattes de mouche griffonnées là par Oueldecq : c'est bien l'adresse de Boris. Il la glisse dans sa poche. Puis d'un petit coup sec, il désengage le tiroir de ses rails et le pose sur le bureau après l'avoir fait pivoter. Un pistolet automatique est scotché sur l'extérieur du panneau vertical au fond du tiroir. Zontiev le décolle et l'enfile dans la ceinture de son pantalon, sur le côté. On peut lire dans son regard noir la terrible détermination qui l'habite.

*

* *

Apolline recouvre lentement ses esprits. Elle a dû s'endormir brutalement, comme d'habitude. Elle chasse quelques mèches de cheveux qui lui chatouillent le visage et s'étire longuement. Ses paumes tendues s'égarent sur les draps froissés. Ils sont doux et mettent en valeur la douceur incomparable de sa peau à elle. Elle sourit : un jour, Boris lui a dit que les draps étaient amoureux d'elle. Elle les aime elle aussi mais, paradoxalement, d'un amour platonique. Dans la paisible chaleur de l'été, elle goûte la quiétude du moment et le calme désordre de leurs vêtements épars sur le lit. Dans le salon, Boris bricole – il ne tient pas longtemps en place après l'amour – et ce remue-ménage familier lui réchauffe le cœur. Elle n'a pas de raison particulière de se lever, elle a juste envie de se faire porter par ce moment complice. Pourvu qu'il ne se fatigue pas trop vite !

*

*   *

Alors que le coupé 406 disparaît au coin de la rue, la Laguna des trois flics se gare devant le bureau de Zontiev. La voiture crache ses occupants. D'un pas rapide, ils entrent dans l'immeuble, grimpent au premier étage et se plantent devant la porte de bois. Une plaque de cuivre rutilante annonce en toute immodestie : « Félix Zontiev - Manager international ». Querzec pousse le bouton de sonnette. Rien ne bouge de l'autre côté de la porte. Après quelques instants d'attente, il sonne à nouveau. Toujours rien. Montfort le regarde d'un air interrogatif. Querzec lui fait un petit signe de la tête. Montfort affiche un sourire réjoui et sort de sa poche un sésame du genre couteau suisse à quarante lames amputé de trente-neuf d'entre elles. C'est un as de la cambriole car la serrure ne résiste pas plus de quelques secondes.

Ils entrent. Les locaux ne sont pas grands, à peine une soixantaine de mètres carrés. Les trois flics parcourent quelques mètres de couloir et pénètrent dans le vaste bureau de Zontiev. Les meubles ont visiblement été choisis pour impressionner. Sans être complètement de mauvais goût, ils donnent à cet endroit un air clinquant. Querzec s'avance vers le lourd bureau de bois et de verre et ramasse dans le cendrier un cigarillo encore fumant. Abandonné là, à peine entamé, il s'est consumé doucement sans s'éteindre, jusqu'à donner un cylindre constitué uniquement de cendres grises.

— L'oiseau s'est envolé mais le nid est encore chaud…

— Ouais, dit Montfort, et vise un peu le téléphone éclaté par terre. Notre homme avait l'air passablement énervé.

Querzec montre le tiroir posé sur le bureau.

— En tout cas, il a emporté quelque chose avant de partir. Quelque chose qu'il gardait au chaud dans ce tiroir.

— Merde, dit Justine. Je n'aime pas ça. Ce mec en liberté avec les flics à ses trousses, je le sens pas, mais alors, pas du tout !

— Tu le sens pas du tout ? demande Montfort. Ça doit te changer de moi, de pas le sentir du tout.

— Ta gueule, pour une fois, Montfort ! Il faut qu'on le chop avant qu'il ne fasse des conneries.

— Je suis d'accord avec toi, dit Querzec. S'il perd pied, Zontiev peut devenir dangereux. C'est un faux mondain, ne l'oublions pas !

— Où peut-il être allé ?

Ils réfléchissent.

— À ton avis, il sait que c'est à cause de Bogard qu'il risque de se faire choper ? demande Montfort.

— Oui, en tout cas il y a des chances, dit Querzec, c'est lui que Oueldecq a appelé du commissariat.

— Alors je suggère qu'on aille faire un tour chez Bogard. On ne sait jamais…

— Tu crois que ça peut barder là-bas ? demande Justine d'un air mi-curieux mi-excité.

— On ne sait jamais.

— OK, dit Querzec d'un ton décidé, on y fonce. Justine, tu prends le volant mais pour une fois, mets la gomme !

— Oh, mon Dieu ! gémit Montfort en levant les yeux au ciel.

Quelques minutes à peine après le départ de Zontiev, la Laguna démarre, sirène hurlante, dans un crissement de pneus. À l'arrière du véhicule, Montfort l'athée a joint les mains dans un geste de prière incontrôlé.

*

* *

Zontiev gare sa voiture au bas de l'immeuble de Boris. La rage a continué de s'accumuler en lui, au point qu'il a conduit de manière automatique, dans un état proche de l'ivresse ou de l'inconscience. Il serre le frein à main d'un geste hargneux, vérifie l'adresse sur le bout de papier qu'il a emmené et mémorise le code d'entrée. En s'extirpant de l'habitacle, il s'assure d'un geste machinal qu'il porte bien à la ceinture le pistolet pris dans le tiroir de son bureau.

Quelques mètres seulement le séparent de l'entrée de l'immeuble. Il les franchit d'un air déterminé.

À travers ses dents serrées fusent confusément des mots lourds de haine. Il pianote le code d'accès et pousse la lourde porte.

Un coup d'œil sur les boîtes aux lettres l'invite à monter au premier étage. La seule vue du nom de son ennemi personnel lui soulève le cœur. Jamais il n'a haï à ce point, même enfant et adolescent alors qu'il nourrissait pour le monde entier une hostilité torride et tenace.

Arrivé au premier, il reste un instant interdit devant les cinq portes accessibles à cet étage. Il scrute le nom affiché sous les sonnettes. La troisième est la bonne, mais il hésite.

Aveuglé par sa hargne, il n'a prévu aucun plan. Que doit-il faire ? Sonner ? Entrer en forçant la serrure ? Il n'a pas envie de réfléchir, la violence de ses sentiments ne peut trouver d'apaisement que dans l'action. Il sonne.

*

* *

Apolline fronce les sourcils. Quel gêneur peut bien les déranger dans la douceur d'un tel moment ? Elle entend le grognement de Boris, vraisemblablement dérangé dans ses bricolages, puis le cliquetis de la porte qui s'ouvre. La voix de Boris lui parvient distinctement.

— Vous ? Qu'est-ce que vous faites là ?

Le visiteur ne répond pas. Le ton agressif de Boris surprend Apolline.

— Vous avez un sacré culot de venir chez moi ! Sortez !

Pire que de l'agressivité, c'est presque de la haine. Apolline est inquiète, elle décide de passer un T-shirt long.

— Je suis venu te donner une leçon, petit con.

La voix de Monsieur Félix !

— Non mais… ça ne va pas, non ? Fichez-moi le camp !

— Une leçon que tu n'es pas près d'oublier…

Le ton de Monsieur Félix est froid, d'un froid Kelvinien qui vous glace le sang. Apolline n'arrive pas à mettre la main sur son T-shirt, elle sait que pourtant il est là, quelque part dans le lit. Pendant ce temps, la voix de Boris ulcéré lui parvient.

— Je ne sais pas ce qui me retient de…

— La peur, sans doute. T'es né avec une cuillère d'argent dans la bouche, et comme toutes les petites lopes de ton genre, t'as pas de couilles.

— Mais je t'emmerde, espèce de vieux beau ! Tu crois que tu me fais peur ? Tu vas voir !

Apolline est effarée de les entendre parler comme ça. Quelle mouche les a piqués ? Elle distingue à présent le bruit confus d'une lutte puis le son mat d'une chute : les deux hommes en sont venus aux mains et se livrent à un furieux corps à corps au sol. Apolline n'en revient pas, elle n'aurait jamais imaginé possible ce genre de scène entre gens de bonne compagnie. Elle enfile fébrilement le T-shirt enfin déniché entre deux plis du drap et se précipite dans le salon. En une fraction de seconde, elle reconnaît de dos les cheveux gris de Monsieur Félix. Il est à califourchon sur Boris. Celui-ci, plaqué sur le dos, enserre de toutes ses forces le cou de son agresseur. On entend le souffle rauque des deux hommes. Le spectacle est saisissant, Apolline est pétrifiée devant la violence de la scène. Monsieur Félix tente de se dégager le cou, sans succès : la prise de Boris est redoutablement efficace. Soudain, la main droite de Monsieur Félix quitte son cou et vient écarter le pan de sa veste au niveau de la ceinture. Elle tâtonne quelques secondes sous le tissu et réapparaît. Apolline sent son sang se glacer : c'est un pistolet qu'il vient d'extraire de sa ceinture ! Elle tente de crier, mais le son reste coincé dans sa gorge.

Boris a dû aussi apercevoir l'arme, car sa main lâche précipitamment le cou de son adversaire et saisit le poignet armé. Apolline songe un instant à se jeter sur les deux hommes pour les séparer mais seule, elle n'a aucune chance d'arrêter Monsieur Félix dans un tel accès de haine. Elle regarde comme une folle autour d'elle. Elle ne peut tout de même pas frapper Monsieur Félix avec cette lourde lampe à pied… Elle jette un œil sur le pugilat. Le canon de l'arme se rapproche dangereusement du thorax de Boris. Affolée, elle empoigne la lampe, arrachant d'un coup sec le cordon électrique relié à la prise. Que cette lampe en métal est lourde ! Elle hésite un instant, peut-elle réellement frapper un homme avec cette arme redoutable ?

Dramatique seconde d'hésitation ! Car, au moment où il devient évident que Zontiev va tirer, le canon de l'arme étant à présent pointé sur la poitrine de Boris, au moment où Apolline brandit la lampe et en abat le lourd socle sur la tête de Zontiev, en cet instant précis d'éternité, le coup de feu part.

*

* *

— Fonce, bordel !

— Ouais, c'est bien la peine de me demander de foncer maintenant. T'aurais mieux fait de me filer le volant tout de suite. C'était folie de demander à la petite de piloter !

Querzec fulmine. C'est vrai qu'avec ses principes à la con, il a cru bon de laisser Justine conduire alors qu'ils étaient à la bourre. Justine si lente et si inquiétante déjà en temps normal au volant. Et ce qui devait arriver est arrivé : elle a tamponné un véhicule. Juste un accrochage pas bien grave, d'autant que cette camionnette de blanchisseur était déjà bien vieille et amochée. Mais cet incident leur a fait perdre quelques précieuses minutes. Et par-dessus tout, ce sourire en coin de Montfort l'exaspère.

La voiture s'arrête dans un crissement de pneus devant l'immeuble de Boris. Les trois flics en descendent au pas de charge et se précipitent dans l'entrée. C'est dans la cage d'escalier qu'ils entendent claquer le coup de feu.

— Merde ! s'exclame Querzec en sortant son pistolet.

Lorsqu'ils déboulent dans le salon quelques secondes plus tard, ils trouvent Apolline debout derrière ce qui paraît être un tas de corps emmêlés. Une mare de sang commence à se former. Montfort attrape son téléphone mobile.

— Ouais, c'est Montfort. Slimane ? Envoie d'urgence de l'assistance médicale et une ambulance au 12, route de la Corniche.

— Deux ambulances ! lance Querzec penché au-dessus des deux corps.

— Envoie deux ambulances, plutôt. C'est pas la viande à emmener qui manque ! Ciao.

Apolline est hébétée. Elle tient de la main droite un pied de lampe en métal. Il semble évident qu'elle s'en est servie pour frapper Zontiev qui gît à ses pieds, le crâne salement amoché. Querzec, penché sur les deux corps, note également le sang qui s'écoule du thorax de Boris. La situation semble claire : Zontiev a tiré sur le jeune homme au moment où elle le frappait pour tenter de l'en empêcher. Il prend doucement des mains d'Apolline l'arme improvisée.

— C'est fini, Mademoiselle.

Elle semble en état de choc. Inutile de l'interroger maintenant, elle serait sans doute incapable de tenir un propos cohérent. Il regarde Justine s'approcher d'Apolline et lui passer le bras autour des épaules avec compassion. Son petit écart de conduite aura coûté cher à la Sécurité Sociale.

X

Les doigts de Querzec tournoient avec adresse autour du fil de 0,3 millimètre de diamètre.

Il est en superforme, aucun nœud ne lui résiste ce matin. Il faut dire que le rapport de la police scientifique posé sur la table lui donne une pêche de vainqueur.

Oueldecq doit le sentir. Son regard inquiet va et vient entre le volumineux dossier et les doigts de Querzec.

— Dites, Querzec, ça vous ennuierait d'arrêter de remuer les doigts comme ça ?

— Vous feriez mieux de vous concentrer sur votre défense, dit Justine.

— Cause toujours, ma mignonne, vous n'avez quasiment rien contre moi. À peine de quoi me coller quelques semaines avec sursis.

— Pour les vols, c'est vrai. Il n'y a pas de quoi fouetter un chat.

— Ah ! Vous voyez ! souffle Oueldecq d'un air à la fois soulagé et surpris.

— Le problème, Oueldecq, c'est qu'on a bien plus grave que ça contre vous.

— Pas de bluff avec moi, Commissaire, je connais

par cœur vos méthodes et vos mises en scène minables.

— C'est pas de la mise en scène, dit Justine. On cause grave, là. Il s'agit d'un meurtre.

— Un meurtre ? Un fantasme, oui ! Soyez sérieux, vous savez que vous perdez votre temps : vous n'avez rien contre moi…

— Eh bien si, justement, dit Querzec. Il y a du nouveau. Et du bon. Enfin du mauvais, si l'on se situe de votre point de vue.

Il tapote du plat de la main le rapport posé devant lui.

— Pff !…

Oueldecq fait le fier mais il hésite : et s'ils ne bluffaient pas ?

— Oueldecq, à quelle fréquence lavez-vous vos baskets ?

— Mes baskets ? Qu'est-ce que c'est que ces salades ?

— Répondez : vous lavez souvent vos baskets ?

— Ça ne se lave pas, des baskets.

— Eh bien, si ! répond Justine. Et ça vous éviterait au moins deux désagréments : d'une part, puer des pieds et, d'autre part, vous faire choper pour meurtre.

— Qu'est-ce que vous me chantez là ?

Les flics laissent passer un long moment. Querzec est concentré sur ses problèmes gordiens, Justine le regarde faire comme si elle était passionnée par l'issue du combat entre la malice des nœuds et l'intelligence de l'homme. Oueldecq a beau connaître les ficelles du métier, il doit admettre que ce long silence après leurs questions saugrenues commence sérieusement à émousser sa patience.

— Tu me passes un bout ? demande Justine, j'aimerais essayer.

— Tiens.

C'en est trop pour Oueldecq.

— Vous vous foutez de ma gueule, là ? Si on en venait aux faits ?

— Ah oui, nous parlions de vos pompes. Querzec, tu expliques au Monsieur ?

— Alors voilà : lors de la perquisition chez vous, nous avons emmené trois de vos paires de chaussures.

— Ouais, ça relève du fétichisme ou de la manie…

— Pas tout à fait. En fait, j'avais une idée très précise. Alors, j'ai demandé à la police scientifique de vérifier si mon idée était bonne.

— C'est quoi, votre idée bidon ?

— Vous savez où a été tué Pernin ?

— Vous m'avez déjà bassiné avec ça ; alors, non, je ne sais pas précisément où ça s'est passé.

— Ça s'est passé impasse de la Brique Rouge.

— Une impasse ? C'était pas malin de s'engager dans une impasse avec une voiture au cul.

— Savez-vous pourquoi cette impasse s'appelle comme ça ?

— J'en sais rien et je m'en fous.

— Elle aboutit à une briqueterie, dit Querzec en tirant sur un bout de fil.

— Une fabrique de briques, quoi, rajoute Justine.

— Je sais ce qu'est une briqueterie, répond Oueldecq avec humeur. En revanche, je ne saisis pas bien le rapport avec moi.

— Une briqueterie, si elle est vétuste, ça recrache pas mal de poussière rouge.

— De la poussière de brique, en somme, commente Justine.

— Tout juste. Et, du coup, il y en a dans l'impasse.

— On peut dire, en quelque sorte, qu'elle en est tapissée.

— Alors fatalement, quand on marche dans l'impasse de la Brique Rouge, on a pas mal de traces de poussière rouge sur les pompes.

Oueldecq commence à comprendre. Il sent confusément qu'il n'est pas loin de se faire piéger.

— La police scientifique a retrouvé sur l'une de vos paires de chaussures de la poussière rouge.

— De la poussière de brique, plus précisément.

— Tout juste.

Oueldecq réfléchit. Il sent l'étau se resserrer autour de lui.

— Ne me racontez pas n'importe quoi ! De la poussière de brique, on peut en trouver partout. J'ai très bien pu ramasser ça ailleurs…

— Pas vraiment, Oueldecq… C'est pour ça, en fait, qu'on a eu besoin de la police scientifique. Chaque briqueterie a sa marque de fabrique, une façon de choisir et d'intégrer les composants qui lui est propre.

— Cette fabrication spécifique laisse une signature unique dans la composition des briques. C'est chimique et incontestable, le verdict des analyse moléculaires est sans appel.

— C'est pourquoi nous sommes en mesure de prouver que contrairement à vos affirmations, Oueldecq, vous êtes déjà allé impasse de la Brique Rouge, là où a eu lieu l'agression de Pernin.

— Sacrée coïncidence ! Vous êtes fichu, mon vieux, vous allez avoir du mal à vous tirer de là…

Oueldecq garde le silence. Il est bel et bien coincé. Il regarde les doigts de Querzec tirer sur le fil. Les nœuds ont disparu, le fil est tout droit. Comme le chemin qui semble le conduire, lui, en prison.

Bah ! Il paraît qu'on s'y fait des amis très proches.

*

*   *

Justine entre dans le bureau de Querzec. Elle s'est encombré les mains en passant par la cafétéria et pose les deux gobelets de café très chaud avant de se brûler.

— Merci, dit sobrement Querzec.

— De rien ! On l'a bien mérité : Oueldecq et Parsec en tôle, Zontiev hors d'état de nuire, on peut être fier !

— Tout juste.

— Dis-moi, Querzec, tu te souviens de notre visite à Parsec, dans ses bureaux ?

— Oui, pourquoi ?

— En sortant, tu m'as dit que tu avais la conviction qu'il avait trempé dans le meurtre.

— Exact.

— Allez, fais pas le naze, dis-moi ce qui t'a mis la puce à l'oreille.

— Deux choses : d'abord, il a évoqué le fait que la voiture des assaillants était un 4 x 4 ; or, nous ne l'avions pas révélé aux suspects.

— Ah, c'est vrai ! Alors, pourquoi on ne l'a pas coffré tout de suite ?

— D'abord, parce que j'espérais bien qu'il me conduirait à ses comparses…

— C'était un bon calcul, minaude Justine.

— Tout juste. Et puis, la façon dont il en a parlé ne permettait pas d'affirmer qu'il "savait" qu'il s'agissait d'un 4 x 4 ; on ne pouvait exclure qu'il ait dit ça, comme ça, par hasard.

— Et le deuxième point ?

— Tu te souviens que ses voisins ont entendu ses toilettes à une heure du matin ?

— Oui. Et alors ?

— Alors, ça cadre mal avec sa version de la soirée : au lit à onze heures et dodo comme une souche jusqu'au matin.

— Ouais, ça cloche. Mais c'est trop mince pour le pincer tout de suite.

— Effectivement. D'un autre côté, ça suffit pour conforter un faisceau d'autres indices.

À ce moment, Montfort entre dans le bureau, un café à la main.

— Alors, quoi de neuf, Querzec ?

— Rien de spécial.

— Comment ça, rien de spécial ? Tu ne devais pas appeler l'hôpital ?

— Si.

— Alors, tu les as eus ?

— Oui.

— Accouche, Querzec, tu m'obliges à te tirer les vers du nez. C'est fatigant, à la longue, ton sens du secret.

— Je ne dis rien parce qu'il n'y a rien à dire. Rien de changé, je veux dire.

— Pour aucun des deux ?

— Non. État critique stationnaire, pronostic vital réservé, perspectives de sortie du coma très incertaines. Même bilan médical pour les deux, c'est plus facile à retenir.

Justine hoche la tête tristement.

— C'est dégueulasse, quand même ! Zontiev, je m'en fous, mais le jeune Bogard, c'est vraiment trop dommage…

— Faut prendre des cours de conduite, ma belle ! dit Montfort tout en buvant son café avec d'agaçants bruits de succion.

— Comment ça, des cours de conduite ?

— Si on n'avait pas eu d'accrochage, on aurait sans doute pu éviter ce carnage.

— Mais t'es dégueulasse, Montfort ! Pendant que tu y es, dis que c'est de ma faute si le jeune s'est fait buter !

— Indirectement, on peut sûrement le dire.

Justine sent les larmes lui monter aux yeux.

— C'est infect, ce que tu fais avec moi. Tu fais tout pour me culpabiliser, comme si j'étais responsable. Querzec, tu ne dis rien ? Toi aussi, tu penses que je suis seule responsable du massacre ?

— Pas du tout, je prends ma part de responsabilité, si tu veux savoir. C'est moi qui t'ai demandé de conduire pour aller chez Bogard, à la fois par principe et pour emmerder Montfort. Mais c'est pour moi l'occasion de te le dire : tu es un vrai danger public au volant.

— Eh bien, j'aurais aimé que tu trouves une autre occasion pour me le dire !

Et elle quitte le bureau précipitamment, la main sur la bouche.

— Super ! dit Montfort. Je vais la consoler, ça marche à chaque fois. Merci pour le service, Querzec !

Lorsque la porte claque, Querzec sursaute. Il n'est pas si fier que ça d'avoir accablé sa jeune collègue, mais ne doit-on pas la vérité aux autres ?

*

* *

Les salles de réanimation sont rarement gaies ; celles de l'*Hôpital de la Charité Publique* ne font pas exception à la règle. Les peintures s'écaillent, les lavabos sont jaunis par le tartre et le calcaire, les lits minables couinent lorsque leurs occupants trouvent la force de bouger – un spasme, en général.

Dans cette atmosphère lugubre, la chronique pénurie de lits a fait un drôle de pied de nez aux deux nouveaux arrivants. Bien qu'ils se soient entre-tués, ils bénéficient des deux seuls lits disponibles… dans la même chambre. Apolline a eu beau faire valoir leurs violents antagonismes du temps de leur validité, le personnel médical n'en a eu cure. Deux blessés arrivent, bon, on les place là où on peut et voilà tout ! Hors de question de faire courir des risques à un autre malade en le déplaçant.

Elle a également dû batailler ferme pour avoir le droit de rester en permanence avec Boris, contrairement au règlement de l'hôpital. Les parents du blessé, eux, n'ont pas eu le droit de rester plus de quelques minutes au chevet de leur fils. Mais sa force de persuasion a su convaincre le personnel médical : sa place à elle, en ces moments de dramatique incertitude, est aux côtés de Boris.

Oui mais aux côtés de Boris, c'est également aux côtés de Zontiev : pour ne pas entraver l'accès au matériel médical situé sur les flancs des lits, elle n'a pu faire autrement que d'installer son fauteuil entre les deux blessés. En ce milieu géographique de l'amour et de la haine, le mélange ambigu de l'espoir et de l'angoisse bouillonne en elle. Quelle torture que d'endurer la présence obsédante du bourreau de son amour ! Comment résister à la tentation de débrancher avec hargne les tubes qui le maintiennent en vie ? Le filet de vie qui s'échapperait de lui pourrait-il s'infiltrer en Boris et le sauver ?

Cela fait maintenant deux jours et deux nuits qu'elle est suspendue au bip émis par la machine qui surveille l'électrocardiogramme de Boris. De l'autre côté de l'autre lit, une machine qui contrôle l'encéphalogramme de Zontiev émet elle aussi un bip. Il n'est pas simple de distinguer les deux signaux, même si les machines sont réglées sur des fréquences acoustiques différentes pour ne pas être confondues.

À présent, à deux heures du matin, Apolline a finalement cédé au sommeil. Dans son cerveau endormi, la lancinante régularité des signaux sonores résonne au milieu de rêves monotones aux syntaxes sinusoïdales. Et pourtant, dans quelques instants, elle va s'éveiller. Elle ne le sait pas encore, mais son cerveau, lui, le sait. Une machine s'est mise à émettre un signal continu. Et la disparition du bip correspondant dérange la lourde harmonie de cette nuit sans présent.

Quadri Signe - Editions Alain Bargain
125, Vieille Route de Rosporden - 29000 Quimper
E-mail : editions.alain.bargain@wanadoo.fr
Site Internet : perso.wanadoo.fr/editions.bargain

Dépôt légal n°8 - 3e trimestre 2002
ISBN 2-914532-14-8 — ISSN 1281-7813
Imprimé en CEE